아홉산
정원

_____ 님께

소중한 마음을 담아 드립니다.

20 . . .

_____ 드림

아홉산 정원

초판 1쇄 발행 2018년 6월 26일

지은이 김미희 · **사진** 장나무별 · **발행인** 권선복 · **편집** 천훈민 · **디자인** 최새롬 · **전자책** 천훈민 ·
마케팅 권보송 · **발행처** 도서출판 행복에너지 · **출판등록** 제315-2011-000035호
주소 (07679) 서울특별시 강서구 화곡로 232 · **전화** 0505-613-6133 · **팩스** 0303-0799-1560
홈페이지 www.happybook.or.kr · **이메일** ksbdata@daum.net

값 20,000원
ISBN 979-11-5602-616-7 03810

도서출판 행복에너지는 독자 여러분의 아이디어와 원고 투고를 기다립니다. 책으로 만들기를 원
하는 콘텐츠가 있으신 분은 이메일이나 홈페이지를 통해 간단한 기획서와 기획의도, 연락처 등을
보내주십시오. 행복에너지의 문은 언제나 활짝 열려 있습니다.

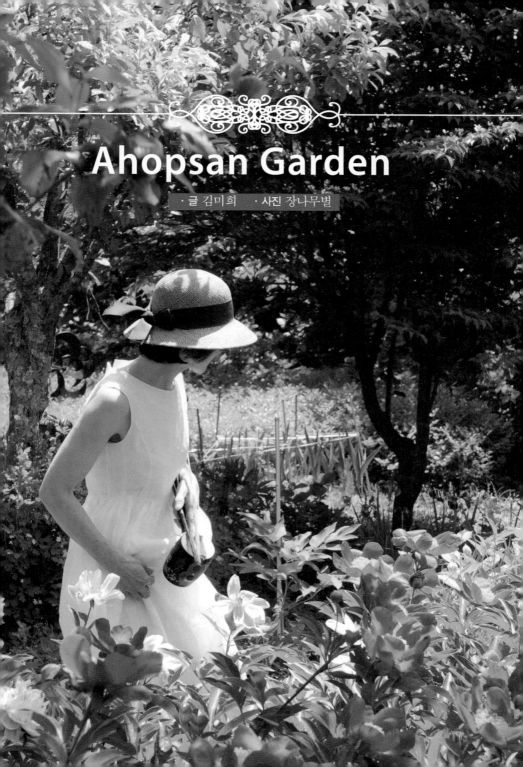

Ahopsan Garden

·글 김미희 ·사진 장나무별

prologue

아홉산
정원을
열면서

4

태초의 혼돈과 무질서 속에서 어떻게 무기물이 물리, 화학적인 변화를 거쳐 유기물인 생명으로 탄생하였는지 과학자들은 오랫동안 연구해 왔다. 실험실에서 광물성 소재를 유기체로 변모시키는 데 거의 성공해 해답을 찾았다고 한다. 그러나 그런 현상이 왜 일어났는지는 아직까지도 알 수 없다고 한다. 어느 시점에선가 호흡할 수 있는 공기층을 형성하여 지구에 생명체가 살 수 있도록 만든 남조류가 태어나 식물이 자라며 세상이 열리게 되었다. 식물의 광합성 덕분에 창조의 기적이 일어났고 엽록소는 모든 생명체의 근원으로 보고 있다. 식물은 무기물에서 영양을 흡수할 수 있지만 동물은 전적으로 식물에 의존하여야 하므로 식물은 그 존재 자체가 바로 우리가 살아갈 수 있는 생명의 근원이다. 이 어마어마한 생명의 본질을 느끼며 식물을 가꾸다 보면 모든 생명체는 소중하고 아름다워 가슴 벅찰 뿐이다. 넓고 광활한 우주 속에서 작은 먼지에도 못 미치는 존재지만 오직 살아 있다는 것에 항상 감사한다. 삶은 한바탕 꿈, 아니 꿈속의 꿈이며 그 꿈 깨면 또 다시 꿈속이라는 '홍타령'의 가사처럼 오늘도 나는 아홉산 자락에 아홉 개의 층으로 이루어진 녹유당에서 아홉산 정원을 가꾸며 나만의 꿈속의 꿈을 만들어 가고 있는 소소한 이야기를 담아 보려고 한다.

contents

Ahopsan Garden

PART 1

봄

안개꽃 향기에 취해

정원

　인류학자들은 엄밀한 의미에서의 전문적인 농업에 앞서 원예, 즉 마당을 가꾸는 작업이 시작되었다고 보고 있다. 정원은 인간이 낙원을 재현하려는 시도로 시작되었으며 밭이나 경작지보다 먼저 등장했다고 보고 있다. 어원을 볼 때 정원은 둘러싸인 것, 고립된 것을 의미하며 프랑크족 언어의 가아드Gard라는 단어에서 온 말이 독일에서는 가르텐Garten, 영국에서는 가든Garden이라 변했다고 한다. 책을 사랑했던 아르헨티나의 작가 호르헤 루이스 보르헤스는 "천국이란 단어를 들으면 사람들은 정원을 생각하거나 궁전을 생각하겠지만 나는 항상 천국을 도서관 같은 곳이라고 상상했다"라고 말했다. 그러나 나는 아마 그 도서관이 아름다운 정원 속에 있을 것이라고 생각했다. 맑은 새소리와 개울물 소리를 들으며 정원을 걷다 보면 햇살 가득한 곳에 도서관이 담쟁이덩굴에 폭 싸여 있을 것 같다. 그곳엔 정원에 관한 책과 코스모스와 철학 그리고 시에 관한 책들로 가득 차 있을 것이다. 보르헤스처럼 인생을 다시 살지 않아도 초봄부터 신발을 벗어던지고 늦가을까지 맨발로 지내며 데이지 꽃을 가슴에 안고 춤출 수 있는 정원은 나에게 낙원의 의미를 일깨워주며 설렘과 감격 그 자체이다. 따라서 이 작은 정원은 한없이 넓고 광활한 코스모스가 나에게 주어진다고 해도 힘겨워할까 염려하여 이렇게 소우주로 축약시켜 보내준 신의 선물이 아닌가 하는 생각도 감히 해 본다.

봄의 싱그러움을 더하는 노루오줌

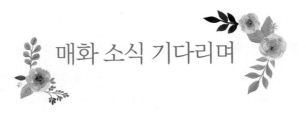

매화 소식 기다리며

생각지도 못한 곳에서 봄을 맞이하였다. 간밤 꿈속에서 고향 친구 집으로 가는 길목의 담장 안에서 반 이상 썩은 매화 등걸에 꽃이 몇 송이 핀 것을 보았다. 아직까지 이 나무가 살아 있었나 하는 생각을 하다가 잠에서 깨어났다. 물기 머금지 않은 찬바람이지만 해마다 이맘때쯤 매화향기 싣고 봄소식을 미리 알려주곤 하였는데 올해는 아직까지 소식이 없다. 오늘 아침엔 지인으로부터 매화 소식을 묻는 문자가 도착했다. 당나라 왕유의 시 중에 '고향에서 오는 그날 사창가 앞에 그 한매가 피었는지' 묻는 시가 떠올랐다. 시 중에 그림이 있고 그림 속에 시가 있으니 왕유의 시를 소동파는 "시중유화 화중유시詩中有畵 畵中有詩"라고 하지 않았던가.

설중매 향기 가득히

　　오래전 고향 떠날 때 그날의 그리움이 눈물처럼 번지며 고향집 창가에 선 매화나무가 눈에 선하다. 꽃소식을 찾아 들로 나가 보려다 아직도 찬바람이 매서워 다락방으로 올라가 먼지 앉은 지필묵을 꺼내어 매화 한 폭 쳐보며 꽃소식을 기다려 본다.

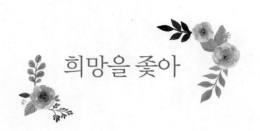

희망을 좇아

국민도 나라도 이성을 잃고 모두 미쳐 가고 있는 것 같다. 국가는 타살되지 않는다고 한다. 내부 갈등으로 외적이 오기 전에 스스로 자멸한다는 말이 맞는 것 같고 이기주의와 포퓰리즘이 끝을 보이지 않는다. 급변하는 세상에서는 필요 없는 것은 빨리 버리고 환경에 맞는 새로운 선택을 해야 한다. 식물도 필요 없으면 매몰차게 잎을 떨어내 버리고 살아남는다. 겨울 밤하늘에서 쉽게 관찰되는 시리우스는 -1.5등성으로 가장 밝은 별이긴 하나 실제로는 특이하게 밝은 별이 아니다. 단지 지구로부터 8.7광년이라는, 다른 별에 비해 비교적 가까운 거리에 있기 때문에 크게 보일 뿐이다. 또 크기가 거의 똑같이 보이는 태양과 달도 실제로는 태양이 달보다 400배 크지만 거리상 달보다 400배 멀리 떨어져 있어 같게 보일 따름이다. 이와 같이 그렇게 보인다고 그것이 모두 진실이 아닌 것처럼 진실의 실체를 알아야 한다. 영국의 튜더왕조가 프랑스와 100년 전쟁을 했으나 별 소득이 없자 새로운 방향의 제시로 바다로 눈을 돌려 대국이 될 수 있었다. 자기희생을 감내하고 넓은 세계를 향해 눈을 돌려 보다 큰 그림을 그려 외세에 당당히 맞서 사익보다 국익을 우선하는 지도자들이 되었으면 좋겠다. 더 이상 세상의 조롱거리가 되지 않길 간절히 염원해 보나 마음은 날씨만큼 춥다. 우수, 경칩도 지난 지 오래 전인데.

목련꽃 사이로 우주의 기상이

그리움

    옅은 난향이 거실 가득하니 왠지 누군가가 그리워진다. 때맞추
어 누군가 찾아온다면 함께 차라도 한잔할 텐데 아쉬워하면서 주
위를 정갈히 청소하고 마음을 달래본다. 아직 정원엔 지난가을 꽃
을 피우다 얼어버린 명자꽃이 붉은색을 잃지 않고 때를 기다리고
있다. 음력 설날 봄을 알리듯 뒷산 비둘기 울음소리 들리더니 오
늘 뒷마당에서 산비둘기 한 쌍이 먹이를 부지런히 쪼아 먹고 있
다. 겨울을 어디서 어떻게 났는지 통통하게 살이 오르고 털엔 윤
기마저 흐른다. 잔디밭에 뭘 먹을 게 있나 싶은데 제 밥을 먹는 것
도 아닌데 구름이가 짖어대니 비둘기는 산으로 날아가 버린다. 구
름이도 심심하여 짖어본 이른 봄, 볕 좋은 오후 비둘기라도 벗 삼
아 마음을 달래 보려 했는데….

봄소식을 갖고 온 진달래

아홉산 정원 - 봄

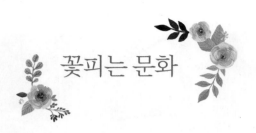

꽃피는 문화

14-15C 예술과 과학이 꽃핀 르네상스 시대는 메디치가의 후원으로 많은 예술이 꽃피었다. 메디치가는 문화를 중시하여 무엇보다 예술성을 보고 투자를 과감히 했다. 사람을 보는 안목 또한 남달랐다. 어린 시절 부모를 잃고 힘들게 보낸 미켈란젤로도 메디치가에서 입양해 플라톤에게 교육을 받게 하고 인성도 함께 키워 훌륭한 예술가로 만들었다. 메디치가는 21C인 지금도 존경의 대상으로 회자된다. 개인의 욕심이나 과시를 떠나 우리나라도 이런 훌륭한 가문이 나와 주길 바라는 건 욕심일까? 우리 인류에게 있어서 철학, 과학 등 어느 것 하나도 중요하지 않은 것이 없겠으나 특히 문화예술은 영성을 가진 인류를 다른 동물과 구분 짓는 중요한

잣대가 된다고 하겠다. 그러나 침팬지들이 특정 나무를 지날 때 모두가 돌을 던져 돌무덤을 만들기도 하고, 폭포에 모여들어 주위를 정리하고 넓은 바위에 앉아 명상을 하는 듯이 행동하는 것을 보고 인류학자들은 침팬지들은 문화예술까지는 몰라도 영성과 신앙은 갖고 있지 않을까 생각하고 있다. 변변한 자원이 별로 없는 이 나라가 경쟁력 있는 문화강국이 되길 바랐는데 나라가 어쩌다 혼란에 빠져버렸다. 아직 이른 봄이지만 날이 풀리면 꽃씨를 뿌리기 위하여 땅을 일구며 나라 걱정을 하다 그만 호미로 손등을 찍고는 벌컥 화를 내 본다. 영원할 것 같은 추운 겨울이지만 언젠가는 봄이 온다. 그리고 땅속엔 무수한 씨앗도 품고 있다. 남다른 감각을 가진 우리민족이 아니던가. 이 아픔도 빨리 극복해 봄날 내 정원에 복사꽃 피듯 우리 문화예술도 활짝 피어 우리 모두의 자랑이 되어 주었으면 좋겠다.

복사꽃처럼 우리 문화도 피어나길

욕심

좀 이른 봄 텃밭 한편에 1평 정도 되는 상추밭을 만들어 씨를 뿌렸다. 물을 주고는 투명한 비닐을 덮으며 이런 생각을 해 보았다. 톨스토이의 단편 '사람은 얼마만큼 땅이 필요한가'에서 소작농 바흠은 해가 떠서 질 때까지 가서 돌아오는 그 면적만큼 땅을 주겠다는 악마의 유혹에 욕심껏 달려갔다 시간에 맞춰 겨우 돌아왔으나 힘에 부쳐 그만 죽고 말았다. 결국 필요한 땅은 무덤으로 쓸 단 1평 이었다는 글이 생각나 씁쓸한 미소를 지어본다. 만약 옆에 자식들이 있었다면 "아빠 우리가 있잖아요" 하지 않았을까 싶다. 욕심을 내어 얻고자 하는 만큼 큰 허물이 없다고 했지만 욕심에서 자유로운 사람이 세상에 얼마나 될까 싶다. 어쩜 인류가 진화할

수 있는 원동력은 이 이기적인 유전자의 덕분이 아니었나 하는 생
각이 든다. 지금 이 순간에도 1000억 개가 더 되는 복잡한 우리 뇌
의 뉴런은 끊임없이 작동하고 있다.

어느 봄날 서양산딸나무 아래서

봄비

　청명·한식이 막 지나고 봄비는 꽃비가 되어 종일 내리고 있는데 느닷없는 천둥번개에 꽃들도 화들짝 놀라 움츠리고 있다. 목련은 거의 떨어져 땅바닥에 착 달라붙어 있다. 개나리는 종소리를 낼 엄두도 못 내고 명자꽃도 빗물에 목욕을 하고 있다. 키가 큰 벚나무 꽃들은 비에 젖어 머쓱한 듯 축 처져 있고 뒤쪽 대나무들은 바람에 이리저리 허공을 쓸고 있다. 이때 쓸 게 뭐 그리 많은지 곁에 있던 소나무도 거들고 나선다. 일찍 핀 생강나무는 아직 꽃을 달고 있으나 색이 바래 기운을 잃고는 봄비에 별 관심이 없어 보인다. 창가에 서 있는 키 작은 산앵두꽃은 봉오리가 부풀어 오를 대로 올라 막 터지기 시작하고 있다. 꿈적도 안 하던 감나무도

새잎을 낼 듯 말 듯하고 조팝나무는 하얀 봉우리가 보이기 시작한
다. 이 봄비가 내리고 나면 환한 봄날이 모두를 설레게 하겠지! 봄
은 이렇게 많은 생명을 잉태시키며 보이지 않는 그리움도 함께 선
물해주는 것 같다.

봄비로 세수를 끝낸 명자꽃

Ahopsan Garden

케일과
아까시 꽃향기
담아

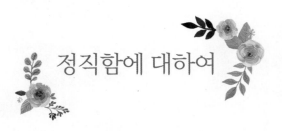

정직함에 대하여

　동인도 회사 선원이었던 헨드릭 하멜이 1653년 제주도에 표류되었다가 본국으로 돌아가 그동안 밀린 임금을 받기 위해 제출한 보고서가 『하멜표류기』이다. 여기서 "조선인은 훔치고 거짓말을 잘하며 속이는 경향이 아주 강하고 그걸 부끄럽게 생각하지 않고 아주 잘한 일로 여긴다"라고 했다. 참으로 부끄러운 일이지만 철학의 부재에서 온 일이니 새겨듣고 스스로 반성해야 할 것이다. 인간은 배타적인 동물이라 살아남기 위해 적극 자기방어를 하다 보니 거짓과 속임이 난무한다. 그러나 인간은 생각을 멈추고 바꿀 수 있는 이성을 가지고 있다. 근대 서구 윤리학을 완성한 칸트는 묘비에 "하늘엔 별 마음엔 도덕률"이라는 유명한 글을 남겼다는 걸 보면 인간답게 산다는 것이 예나 지금이나 어려운 것이 확실해 보인다. 시골에서 흙과 함께 살아가며 콩 심은 데 콩 나는 땅의 정직함을 확인하며 많은 것을 배우며 살아가고 있다. 지금 텃밭 정원엔 열흘 전에 심은 완두콩 새싹이 내가 자랄 세상이 어떨지 호기심 가득 안고 머리를 쏘옥 내밀고 있다. 인간은 평등한 경쟁과 거짓 없는 협력이 조화롭게 이루어질 때 최고의 품위 있는 생존의 길로 나아가지 않을까?

텃밭에도 꽃 소식

기인여옥
(其人如玉)

옛사람들은 사람을 평하고자 할 때 기인여옥其人如玉이라 했건만 에나 지금이나 사람들이 옥같이 아름다운 됨됨이를 보지 못하고 옥에 묻은 흙만 본다는 것은 슬픈 일이다. 사람은 5초 안에 첫인상이 결정이 된다고 한다. 그 사람과 비슷한 사람을 찾아 지금까지 보고 느끼고 경험한 것을 나름대로 정리해 짧은 시간 안에 판단하는 것 같다. 많은 경험을 한 사람일수록 좋은 판단을 하겠지만 주관적인 그 판단은 위험하다는 생각이 든다. 오늘 문득 거울에 비친 내 모습을 보고 화들짝 놀랐다. 내가 처음 만나는 사람이 이런 모습을 하고 있었다면 어떻게 생각했을까 하는 생각에 온통 머리가 실타래 엉키듯 복잡하다. 내 모습을 보고 있자니 늙어가는 것이 두려운 것은 아니나 열심히 사는 것만도 최선은 아닌 것 같다. 그렇다고 새로운 답이 나올 리는 더욱더 없다. 그러니 남의 시선을 의식하지 말고 기대도 하지 않으면 실망도 없을 것으로 본다. 스스로 옥을 갈고 닦으며 자신의 인품을 쌓으면 될 것이라는 생각으로 위안을 가져본다. 지금 봄볕으로 가득한 정원엔 며느리주머니라고 불리는 금낭화가 붉은 자주색 주머니를 줄줄이 매달고 있다. 누가 보든 말든 옥 같은 물방울을 머금고 군락을 이루고 있는 모습에 푹 빠져 모든 걸 잊어버리게 한다.

며느리주머니라고도 불리는 금낭화

해금 선율은 우주를 향해

우주 속의 나

아이작 뉴턴도 자연 철학자였고 모든 학문은 철학에서 시작되었다. 우주는 크지만 상상력은 더 크다는 사실만은 확실하다. 베라 루빈은 1970년대 안드로메다 성운의 안쪽과 바깥쪽 별들이 간격이 넓은데도 회전속도가 거의 같다는 사실을 알았다. 이를 통해 보이지 않는 어떤 물질이 별들 사이를 채우고 있다는, 소위 암흑물질Dark matter이 존재한다는 결정적 증거를 확보했다. 이같이 인류는 꾸준히 새로운 지식을 쌓아오고 있다. 과학은 오감을 넘어 원래 있는 현상이지만 우리가 모르고 있을 뿐인 것들을 연구하고 있다. 닐스 보어의 양자물리학만 보더라도 확률적으로 존재하기 때문에 이론이 성립되어 설명은 할 수 있으나 이해는 안 되는 학설이라고 하고 있다. 남편에게 몇 번이나 양자역학과 상대성원리 등에 대하여 설명을 들었으나 난 솔직히 말해 설명은커녕 이해도 되지 않는다. 그러나 밤하늘의 무수한 별들을 보면 상상으로도 가늠하기 어려운 광활한 우주 속에 도대체 나라는 존재가 있기는 하는가 하는 생각이 든다. 연못가 부근 풀밭에 하얀 꽃을 피우고 있는 쇠별꽃도 자신이 왜 별이라는 이름으로 불리는지 알 리 없겠지.

봄맞이

샛별 지자 종다리 떴다. 호미 메고 사립 나니
긴 수풀 찬 이슬에 베잠방이 다 젖는다.
아이야 시절이 좋을 새면 옷이 젖다 관계하랴

　이재의 시조를 읽어보면 슬며시 웃음이 나며 상쾌해진다. 내 옷
자락에 이슬이 묻어나는 것 같아 옷자락을 한번 털어본다. 물꼬
를 트고 모종을 내려면 새벽 일찍 나서야 농작물도 활착을 잘하니
농부는 서둘러야 한다. 봄날이 덧없어 허송할 시간이 없다. 정원
엔 온갖 풀과 꽃향기로 가득 차고 나뭇가지의 움들은 날마다 부풀
어 오르고 있다. 온갖 새소리도 봄을 노래하니 그냥 앉아 있을 수

가 없어 호미를 들고 정원으로 나가본다. 까닭 없이 가슴 두근거
려 잠 못 이룬 지난밤이 아마 이 맑은 봄을 맞으려고 설레서 그랬
던 것 같다.

산딸나무 그림자

아홉산 정원 – 봄

자두 꽃 첫사랑

남편은 유달리 자두나무 꽃을 좋아한다. 삼국사기에 보면 2000년 전 삼한시대에 들어와 보라색 복숭아라는 뜻에서 자도紫桃라고 불리다 자두로 변했다는 자두나무 묘목을 3그루를 구입하여 심었다. 이제는 많이 자라 봄이 되면 꽃도 흐드러지게 피우고 여름이 다 가기 전에 빨갛게 익은 자두도 선물해 준다. 그러나 그 자두는 우리는 제대로 맛도 못 보고 직박구리나 까치들의 먹이가 되고 만다. 올해는 열매가 맺으면 그물을 덮어 볼까도 싶다. 꽃이 피면 남편은 자두나무 아래서 사색에 잠기기를 즐겨하여 전용의자도 하나 갖다 두었다. 연두색 잎이 막 나와 하얀 꽃과 어울릴 때 그 맑음은 찔레 새순 꽃잎에 이슬이 맺힌 것같이 청순하기만 하다. 난 이

럴 때 나무의자에 앉아 연초록 원피스를 입고 사진을 한 장 찍고
싶다며 이런저런 이야기를 나누다가 남편은 젊은 날 짝사랑한 얘
기를 들려주었다. 그 여학생의 집 마당에 자두 꽃이 흐드러지게
피어 있던 어느 날 혹시 그녀를 볼 수 있을까 싶어 대문 밖에서 오
랫동안 서성이었던 기억이 있다고 했다. 이젠 이런 얘기도 아름답
게 들리는 나이가 된 것 같고 아름다운 흑백 사진 같은 추억이 있
어 부럽다는 생각이 들었다. 이 나이에 이런 그리움 하나쯤 가슴
에 품고 사는 삶이 아름다운 것 같아 멋져 보였다. 그러나 앞으로 남
편의 행동 여하에 따라 자

두나무의 수명이 결정될
것이라고 경고를 하며
자두나무를 힐끗 쳐다보
니 자두나무는 그런 일
이 결단코 없을 걸 알고
있는 듯 상큼한 꽃향기
를 바람에 실어 날리고
있었다.

첫사랑 작약처럼

감자

감자는 수많은 이야기를 담고 우리 식탁을 지키고 있다. 원산지가 남미인 감자는 수렵과 채집사회를 유목농경 사회로 만드는 데 결정적 역할을 한 것으로 알려져 있다. 가성비에서 우위를 차지하는 작물로 16C 잉카제국을 멸망시킨 스페인 사람들에 의해 유럽으로 건너가 다시 식민지 개척에 나선 유럽인을 따라 북미로 건너왔다. 아일랜드에서는 역사적 사건이 일어나기도 했다. 105년 전 대서양에서의 타이타닉호 침몰은 감자 잎마름병으로 기근에 허덕이던 사람들이 이 배를 타고 미국으로 떠나다 많은 희생자가 나온 사건이다. 감자는 이렇게 수많은 사연을 담고 있다. 이제는 지구를 떠나 화성에서 가장 먼저 시험 재배될지 모른다고 하니 우리 인류에게 있어서는 아주 소중한 작물인 것 같다. 또 나사에서는 화성 정착을 위한 예비 실험으로 화성의 흙과 유사한 흙을 네덜란드로 보내 여러 작물의 싹 틔우기 실험을 해 본 결과 모두 발아율이 좋았고 그중 당근의 발아율이 가장 좋았다고 한다. 언젠가 인간이 화성에 정착하여 처음으로 맛보게 될 음식은 감자와 당근이 아닐까라는 생각이 든다. 지금 텃밭에선 하지 감자가 별처럼 생긴 하얀 꽃을 피워 지구에서의 마지막 추억 만들기를 하고 있는 것 같다.

캐모마일 꽃 속에 파묻혀

아홉산 정원 – 봄

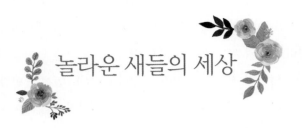

놀라운 새들의 세상

　누가 머리가 나쁘면 새대가리라 했던가. 까마귀도 도구를 사용
해 먹이를 구한다. 조류학자들의 관찰에 의하면 갈고리를 만드는
방법도 집단마다 다르고 나무 홈 속의 애벌레를 잡기 위해 나무돌
기를 사용하기도 한다고 한다. 쭈그러진 페트병 안에 먹이가 있으
면 물을 넣어 빼 먹기도 하는 걸 보면 머리가 나쁜 건 결코 아니다.
오랑우탄보다도 도구 사용을 잘한다고 한다. 결코 복잡한 사고를
인간만 하는 것은 아닌 것 같다. 오늘 전깃줄 위에 빨래가 널려 있
듯이 풀들이 많이 걸려 있었다. 의아해 관찰했더니 새들이 집을
짓기 위해 재료를 먼저 구해 가까운 곳에 걸어두고는 한 개씩 물
고 가 집을 짓고 있었다. 이걸 보고 새도 효율적인 방법을 알고 있

구나 싶어 무척 놀라웠다. 탁란성 여름새 뻐꾸기가 텃새 붉은머리
오목눈이 집에 알을 낳는 것이나 딱새 집에 탁란하는 노랑 주둥이
의 나그네매사촌을 보면 새들이 영리하다 해야 할지 영악하다고
해야 할지 알 수 없다. 특히 뻐꾸기는 한 해 최대 22개의 알을 각각
탁란시키고 부화시기도 붉은머리오목눈이보다 짧다니 놀랄 따름
이다. 또 미국어치는 흙과 돌 더미 속에 먹이를 숨겨두고 누가 훔
쳐 먹으면 소리가 나게끔 하여 먹이를 지킨다고 한다. 까마귀들도
숨겨둔 것을 9개월 정도 기억하고 먹이 종류에 따라 썩기 쉬운 애

벌레 같은 것을 먼저
먹고 열매 종류는 늦
게 찾아 먹는다니 놀랍
기만 하다. 아름답게 들
리는 새소리가 새들 세
상의 전부만은 아닌 것
같다.

새들이 훌쩍 떠나버린 듯 봄날은 가고

나비가 된 황매화

개가 풀 뜯어
먹는 이유

말도 안 된다는 뜻으로 "개가 풀 뜯어 먹는 소리 하고 있네"라고 흔히들 쓰는데 이것은 지극히 말이 되는 소리다. 개도 배가 아프면 풀을 뜯어 먹고 토해 내어 스스로 치료를 하는데, 개 나름의 자연 치유법이다. 속이 좋지 않은지 오늘 구름이가 풀을 뜯어 먹고 있어 난 알아서 깨끗한 물을 떠 주었다. 그렇게 몇 번 토하고 나더니 기운을 차리고 다시 먹이를 먹는다. 하얀 마가렛이 소복이 피어 있는 토분 옆에서 꾸벅꾸벅 졸고 있는 들고양이를 보고 그제야 자기 영역을 알리기 위해 짖어대기 시작한다. 고양이는 개가 묶여 있다는 사실을 알고 있는지 한번 눈을 뜨더니 "개 풀 뜯어 먹는 소리 하고 있네"라고 생각하는 듯 꿈적도 않고 다시 눈을 감고 있었다.

Ahopsan Garden

자두나무 아래
수줍게 핀
꽃창포

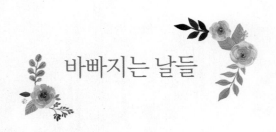

바빠지는 날들

작년 가을 줄기에서 뻗은 새로운 딸기 가족들을 이식시켜 주었다. 추운 겨울날 죽은 듯이 있다가 봄이 되니 하얀 꽃을 피워 벌을 불러 모으고는 열매를 맺었다. 태양의 기운을 먹고는 태양보다 더 빨간 딸기를 만들어 낸 걸 보니 "우연이 없는 건 대낮의 태양보다 더 명백하다"라고 한 스피노자의 말이 생각났다. 마른 잔디 풀로 딸기밭 멀칭을 해 주었다. 오이와 토마토가 나기 전까지는 밭일을 하다가 지칠 때 빨간 딸기로 갈증을 달래야 할 것 같다. 주위엔 작년 가을 씨가 떨어져 여기저기 난 들깨 모종도 번듯한 밭으로 이식해 주길 기다리고 있고 길게 자란 소나무도 순을 잘라 달라며 내 손길을 기다리고 있다. 몸과 마음이 바빠지는 계절이다. 그러

내 남편은 바쁜 계절과 상관없이 태평하기만 하다. 혼자 할 일이
많아 종종걸음을 치는데도 태연히 요즈음엔 모기도 없고 따뜻해
좋다며 연못가에서 대금을 불고 있다. 늘 듣던 원장현의 대금산조
가락인데 어쩜 10년 전이랑 비교해서 해가 갈수록 실력이 줄어들
고 있는 걸 정원 가족 모두가 알고 있는데 본인만 모르고 있는 것
같았다.

정원에서 물건 찾기

　　생각지도 못한 살림살이가 정원에서 나온다. 어떤 일을 하다 갑자기 손님이 오든지 꽃에 이끌려 정원으로 나갔다 해야 할 일이 보이면 손에 들고 있던 걸 두고 풀을 뽑고 다른 일을 곧잘 한다. 그리고 꽃만 꺾어 들고 오는 경우가 흔히 있다. 처음엔 왜 정원에 스푼이 있고 접시가 있나 싶었다. 지금은 선글라스를 찾으려면 가방 속을 뒤지기 전에 정원으로 나가 나뭇가지를 먼저 살핀다.

　　선글라스 찾으러 나갔다가 나뭇가지에 걸려 있는 녹이 슨 호미를 찾기도 한다. 텃밭 정원에서는 주로 칼을 찾다보니 집에 칼이 넘쳐난다. 오늘도 친구와 함께 꽃구경을 하며 정원을 둘러보다 작은 찻잔을 하나 주웠다. 우리는 깔깔대며 한바탕 웃다가 봄의 기운이 가득 담긴 그 찻잔으로 차를 마셔보았다. 상큼한 꽃과 풀들의 향기가 온몸에 녹아드는데 멀리서 들려오는 산비둘기 울음소리에 아득함이 밀려왔다.

민찔레 향기에 취하여

바람도 없는 적막한 달밤에 배꽃이 눈 시리도록

아름다워 잠 못 이룬 날들이 아득히 그리워라.

뜰 앞 배꽃가지에 보름달이 걸렸는데

어른들은 어찌 잠이 오는지.

벚나무 꽃잎은 초속 5cm로 떨어지고

아홉산 정원 - 봄

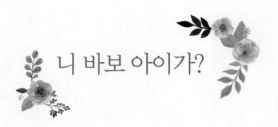

니 바보 아이가?

　햇살에 눈이 부시도록 하얀 배꽃 아래 서면 마음은 어느새 과수원 고향집으로 달려간다. 따뜻한 봄날 오후 뿌연 먼지 나는 신작로를 걷다가 싫증이 나면 신작로 옆 밭둑길을 따라 재잘거리며 학교에서 돌아오던 그런 날들이 어제 일같이 느껴진다. 보리밭에서 깜부기를 뽑아먹고는 입술이 온통 시커멓게 되어 마주 보며 깔깔대며 좋아했다. 건조한 논밭이나 확 트인 초원에 둥지를 틀고 부화하는 흔한 텃새인 종달새도 보리밭에서 갑자기 하늘 높이 솟아올라 '찌이지크 쓰이 쓰이, 류우류우, 찌이프'라고 노래 부르며 우리들을 즐겁게 해 주었던 일들이 떠오른다. 때맞춰 뒷산에서 휘파람새 소리 들리니 휘파람 잘 불던 그 친구가 생각나서 나도 모르게 피식 웃음이 터졌다. 휘파람을 제법 잘 부는데도 매일 연습을 하던 그 친구에게 뭐하러 그렇게 열심히 연습하느냐고 물어보니다 사용할 때가 있다고 했다. 햇볕이 조금 따갑게 느껴지는 여름 방학을 며칠 앞둔 어느 날 둘만 학교에서 돌아오다 계속 부는 휘파람 소리가 너무 시끄러워 그만 좀 불어라 했더니 화를 벌컥 내더니 "가시나 니 바보 아이가?" 하며 얼굴을 붉히고 뒤도 돌아보지 않고 달아나버렸던 일이 생각이 났다. 생각해 보니 그 친구 말대로 지금도 바보같이 살고 있는 것 같고 그때나 지금이나 꽃과 나무를 좋아하는 것도 변함없다. 프랑스에서는 식물을 잘 키우는 사람을 '녹색 손을 가졌다'고 하지만 난 아무리 생각해도 녹색 손은 아닌 것 같다. 그래도 내가 정원을 좋아하는 이유는 정원의 가족들도 나 못지않게 나를 좋아한다고 생각하기 때문이다. 어쩜 짝사랑일지 모르겠지만 또 짝사랑이면 어때랴. 내가 좋아하는데… 그렇다고 나는 그 친구처럼 정원을 향해 "머시마 니 바보 아이가?"하면서 얼굴을 붉히며 화를 내지도 않을 텐데. 지금 아홉산 정원에는 눈이 시리도록 하얀 꽃을 피운 배나무가 마치 주인공인양 가운데 자리 잡고서 우산도 없이 쏟아지는 벚꽃 비를 맞고 있다. 연못으로 나 있는 오솔길 가에는 사과나무, 복숭아나무, 자두나무 등의 온갖 꽃잎들이 나도 질세라 녹색 바람에 춤을 추며 날 무도회에 초대하고 있다. 나는 나도 모르게 맨발로 정원으로 뛰어 나가 두 발로는 푸른 대지를 밟고 양손으로는 꽃잎을 받으며 초록 향기로 가득 찬 천지의 기운을 온몸으로 느껴본다.

목단

    당나라 때 지어진 이름으로 목단은 모단으로 쓰는데 모牡는 수 컷을 뜻하고 단丹은 붉은색이라는 뜻으로 싹이 날 때 보면 수컷의 생식기와 흡사하다고 하여 이런 이름이 붙었다고 한다. 그리고 우리나라는 목단牧丹으로 쓰고 모란이라고도 부르기도 한다. 목단은 이렇게 황당한 이름을 갖고도 많은 사람들로부터 사랑을 받아왔다. 당나라 수도 장안에서는 한때 꽃잎이 많이 달린 우수 종자 값이 천정부지라 네덜란드의 튤립 버블 현상과 같은 일이 일어났다고 했다. 우리나라에서도 많은 사랑을 받아왔다. 내가 즐겨 부르는 우리 가곡 편수대엽編數大葉 여창가곡 '모란은'을 보면 초장에 "모란牧丹은 화중왕花中王이요"라는 가사가 나온다. 진달래와 달리 우리

정서와는 사뭇 다르나 시골집 마당 한구석에 한 그루쯤 있는 꽃이
다. 풍성하고 화려한 외모로 부귀영화를 부르는 꽃이라 해 조선의
문인들은 모란 그리기를 좋아했다. 우리 부모 세대만 하여도 잘사
는 집 거실엔 모란 그림 한 폭쯤 걸려 있었다. 적막감마저 도는 나
른한 오후 마당 한편에 서 있는 늙은 목단 한 그루는 가지들은 말
라 반이나 죽었는데도 여전히 화려한 꽃을 피워 꽃 중에 꽃이라
뽐내고 있다.

최소화한 삶

자연적인 삶 속에서 사색과 명상으로 한평생을 보낸 중국 산수화 작가 예찬은 그림을 그릴 때 청소부터 했다고 했다. 그의 자신만만하고 절제된 그림은 주위의 정갈함에서 오지 않았나 싶다. 나또한 주위가 정갈한 게 너무 좋고 요즘 젊은이 사이에 미니멀 라이프를 선호하는 사람들이 생긴다니 고마운 생각이 든다. 물질의홍수 속에선 역설적이지만 물건을 줄일수록 삶이 풍요로워진다고한다. 단순히 물건을 버리거나 소유하는 것이 문제가 아니라 삶에중요한 것만 두면 보다 자유로워지고 얽매이지 않아 좋다고 한다.결코 행복은 물건이 아니라 마음이 결정하고 단순할수록 마음의결정을 내리기 쉽다. 물건이 놓여 있으면 먼지도 쌓이므로 물건을

최소화하려고 난 무척 노력을 한다. 마음 또한 많은 걸 담아 두면
정신이 산란해진다. 주위에선 가진 것도 별 없으면서 뭘 정리하려
고 하느냐라고 되묻는다. 생각해 보면 냉장고도 35년째 사용하고
있으니 지인들은 이 냉장고는 고장도 안 나느냐 묻는다. 한여름에
누진제 요금으로 서민들은 에어컨 요금 폭탄을 걱정하고 있는데
그것마저 없고 김치냉장고도 없다. 그러고 보니 친구 말이 맞는
것 같은데 왜 물질에서 벗어나고 싶어 할까. 또 다른 답이 있는지
정원으로 찾아 나서 본다.

잊히지
않는 일

강아지를 낳으면 어떨 땐 개가 10마리 이상이 되는 경우도 생겨
난처할 때도 있다. 한두 달 키워 지인들에게 분양을 하는데 요즈
음엔 많은 사람들이 아파트 생활을 하다 보니 진돗개 같은 큰 개
는 분양하기가 쉽지만은 않다. 강아지를 키우며 여러 경험을 하지
만 뇌리에 좀처럼 지워지지 않는 경험이 있다. 젖을 떼지 않았지
만 4주쯤 되어 이제 막 집 밖을 나와 여기저기 돌아다니기 시작할
무렵 강아지 홍역이 유행했다. 치료를 해도 힘들 때가 있다. 그중
한 마리가 심하게 아팠는데 자꾸 집 밖으로 기어 나와 울타리 부
근 쓰레기장으로 가서 웅크리고 있었다. 몇 번이나 집으로 데려와
어미 곁에 두었으나 또 밖으로 나오더니 결국 쓰레기 더미에 가서

때죽나무 아래 노란 꽃창포가 웃고

죽어 있는 것을 보고 무척이나 가슴이 아팠다. 왜 어미랑 형제 곁이 아닌 스스로 그곳으로 갔을까. 생각해 보면 인간보다 훨씬 낫다는 생각이 들기도 하고 나 또한 저렇게 죽음을 맞으면 좋겠다는 생각을 해보나 쉽지만은 않을 것 같다. 이걸 보면 개만도 못한 인간이라는 말이 성립되는 것 같다. 지금도 그 쓰레기장으로 가는 오솔길을 걷다 보면 이름도 갖지 못한 강아지가 죽음을 예감하고 스스로 자기 자리를 찾아 기어가던 모습이 떠올라 가슴을 찡하게 한다.

허브 세이지

대표적인 관상용 허브 세이지를 작년 가을 화분으로 즐기다 노지에 심었더니 봄이 되니 때맞춰 꽃을 피워 주었다. 늦가을까지 피고 지기를 계속하며 첫서리를 맞고서도 연약한 꽃잎이 멀쩡하기도 하고 또 품종도 다양하여 다채로운 꽃을 감상할 수 있다. 학명은 라틴어로 '구원한다'라는 것에서 유래되었다는 세이지를 정원에 심으면 집에 죽는 사람이 나오지 않는다는 말이 있을 정도이고 서양에서는 집안의 상비약쯤으로 심었다고 한다. 여러 약효가 있지만 텃밭정원엔 꼭 필요한 존재로 배추흰나비와 파리·모기 등 해충 퇴치에도 효과가 있어 봄 정원엔 안성맞춤인 것 같다. 또 센티드제라늄은 정유분이 있는 방향성 향기로 해충을 쫓기 위해 창

세이지 차 한 잔의 여유

가에 두는 허브인데 우리 집 창가에는 일반 원예종인 제라늄이 언제나 꽃을 피우고 있다. 겨울에도 실내에서 꽃을 피우는 부지런한 꽃이라 무척 좋아한다. 내년에는 더 많은 품종의 세이지를 심어야겠다는 생각을 하며 "영원히 살고 싶으면 5월에 세이지를 먹어라"는 말이 생각나 지금 정원에 나와 세이지 잎을 듬뿍 따 차를 달이는 중이다.

파랑새

　5월에 접어들자 짝을 찾는 파랑새 울음소리가 여기저기서 들리기 시작했다. 그러고는 한동안 조용하다가 7월이 되면 새끼를 이소시키느라 또 한 번 울음소리로 온 동네를 시끄럽게 한다. 주로 높은 나무 꼭대기 부근에 앉으므로 쉽게 관찰할 수 없으나 날 땐 양 날개에 흰 반점이 뚜렷이 보이며 파란색도 잘 보인다. 흔히 볼 수 없는 여름 철새인데 해마다 찾아와 존재감을 알린다. 문학작품을 통한 상상의 파랑새는 꿈과 행복을 연상케 하는데 이것은 색상이 주는 이미지이겠지만 그 울음소리를 한번 들어보고 작품을 썼다면 아마 이름이 다른 이름으로 바뀌었지 않았을까 하는 생각을 해본다. '케엣 케엣', '케케켓 케케케켓' 하며 얼마나 날카롭고 요란

파랑새를 품은 정원

한지 행복이란 단어를 떠올릴 수가 없다. 노벨 문학상을 받은 벨기에의 모리스 마테를링크는 희곡 '파랑새'에서 행복은 저축할 수 없고 순간에 즐겨야 한다고 했다. 이는 현재에 만족하지 못하고 미래의 막연한 행복만을 찾아 헤매는 파랑새 증후군에 걸려선 안 된다는 것을 우리에게 시사하고 있다.

가는 봄이 아쉬워

봄날은 가고

　　프로이센의 왕비 루이제는 자녀들과 함께 나폴레옹 군
대를 피해 베를린을 탈출해 수레국화가 피어 있는 들판에
자녀들을 은신시키고 아이들이 울지 않도록 함께 화환을
만들었다고 했다. 그 후 수레국화는 빌헬름 황제의 사랑을
받았고 독일권 국민들은 이 꽃을 나라꽃으로 채택했다고
한다. 그렇게 제1차 세계대전의 꽃이 된 푸른 수레국화는
역사의 아픈 상처에 멍이 들어 저토록 푸른가 싶다. 이곳
에서도 수레국화는 꽃양귀비와 캐모마일이 함께 어우러져
5월의 정원을 숨이 턱 막히게 하고 있다. 숲속에선 드문 여
름새인 호반새가 '쿄로로로' 울어 대며 짝을 찾고 있다. 앞
산에 걸려 있는 구름이 흘러가듯이 봄날도 덧없이 흘러가
고 있고 난 가는 봄이 서러워 꽃을 한 아름 꺾어 가슴에 품
어본다.

정답은 없다

    사람의 마음은 참 간사한 것 같다. 난 무슨 꽃이든 홑
꽃을 좋아했다. 꽃은 가냘픔에서 아름다움이 나온다 생
각했고 무척 꽃을 좋아하면서도 겹꽃은 무조건 좋아하지
않았다. 그러나 생각이 바뀌어 가고 있다. 작약도 홑보다
폭탄 같은 겹꽃이 오랫동안 피어 아름답게 보이고 벚꽃
도 늦게 피는 겹꽃이 좋아져 3그루나 구입해 심었다. 집
뒤 죽단화 울타리는 해마다 봄이면 노란 꽃으로 집을 파
묻어 버렸는데 왠지 겹이라 마음에 들지 않았다. 어렵게
홑을 구해 심어 보았으나 처음 필 땐 노란 나비가 팔랑거
리며 춤을 추는 것 같아 좋았으나 빨리 꽃잎이 떨어져 아
쉽기만 했다. 세상엔 절대적인 것은 없다. 관점이 다르니
해석이 다를 수밖에 없다. 친구들에게 꽃은 무조건 홑이
아름답다고 주장했지만 이렇게 생각이 바뀌다 보니 세상
엔 정답이 없는 걸 이제야 알았다. 다만 좋은 답과 나쁜
답이 있을 뿐.

꿈속의 어느 봄날

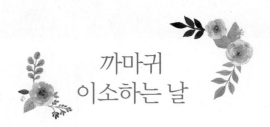

까마귀
이소하는 날

5월인데도 한여름 날씨 같아 햇볕에 나갈 수 없는 요 며칠 사이 땅도 말라 갈증을 느끼고 있다. 한 달 전에 심은 고추는 이제 활착을 해 꽃도 피우고 고추도 앙증맞게 달리기 시작했다. 그런데 오늘 보니 고라니가 모두 잘라 먹고 뿌리마저 뽑아 버렸다. 그래도 심은 노고를 생각하고 좀 미안했는지 1그루는 남겨두었다. 올해는 고추 말리는 노고를 줄여줘서 고맙다고 해야 할지 어이가 없다. 고추밭 위에 있는 높은 소나무 위엔 까마귀 한 쌍이 봄이 오기도 전 일찌감치 집을 짓더니 오늘은 새끼들을 이소를 시키는 날인 것 같다. 평소와 다르게 까마귀 소리로 소란스럽더니 밭으로 나가면 이젠 머리 위로 날아와 암수가 교대로 공격까지 하기 시작했

다. 자세히 살펴보니 밭고랑엔 새끼가 날다 다쳤는지 주둥이를 쩍
벌리고는 죽은 듯이 있으나 가끔 눈을 껌벅거리는 걸 보니 살아
있었다. 까마귀는 나무 위에 앉아 새끼를 주시하며 암수가 번갈아
가며 울어대며 날았다 앉았다 정신이 없다. 한동안 자리를 피했다
들고양이에게 잡혀 먹히지는 않았는지 걱정이 되어 다시 가 보았
다. 새는 보이지 않고 털도 떨어진 게 없으니 이소는 무사히 마친
것 같았고 마을도 다시 조용해졌으나 텃밭 고추 생각에 내 마음이
소란스럽기만 했다.

봄의 향기

Ahopsan Garden

PART 2.

여름

아홉산 정원으로

관계

사람은 혼자 살 수 없는 동물이기에 사람 인 뒤에
사이 간을 붙여 인간人間이라고 하지 않았던가. 이해
관계 떠난 진정한 삶을 영위하기란 어려울 것이다.
살아가면서 끊임없이 많은 관계를 통해 배우기도 하

울릉강활이라고도 불리는 섬바디

고 내 삶을 뒤돌아보기도 한다. 때로는 관계를 통해 뜻하지 않게
상처를 주기도 하고 입기도 한다. 이럴 때 나는 정원으로 나가 식
물과 교감하며 치유하기도 한다. 오늘도 식물이 들려주는 이야기
에 잠시 귀 기울이며 마음의 평화를 얻는다.

생존 본능

    숲은 천국같이 보이나 그 뒤에는 생존 경쟁이 치열하다. 주황색 남가뢰 애벌레는 식물 끝이나 꽃잎 끝에 여럿이 모여서 서로 붙어 꽃모양을 만들고 다 같이 몸을 오므렸다 폈다 하면서 꽃 흉내를 낸다. 뒤영벌이 이것을 꽃인 줄 알고 앉으면 일제히 벌에 들러붙어 벌집으로 가 벌의 알을 먹고 자란다. 그리고 알을 낳으면 애벌레가 되고 똑같이 식물 위로 올라간다. 그리고 블루 알콘 애벌레도 일부러 불개미에 잡혀 개미집으로 끌려가서 여왕개미 소리를 흉내 낸다. 그러면 일개미들은 여왕개미인 줄 알고 먹이를 먹이며 번데기가 될 때까지 보살핀다. 그리고 우화가 시작되면 재빨리 탈출해 나뭇가지에 올라가 날개를 말려 나비가 된다. 또 타란튤라

말벌은 일반적으로 벌보다 독이 강하고 사람의 체질에 따라 치명적인 거미로 알려진 타란튤라를 독침으로 기절시켜 타란튤라 몸에 알을 낳아 부화시킨다. 부화된 애벌레는 신선하게 타란튤라를 먹기 위하여 몸의 주요 장기는 마지막까지 남긴다. 이렇게 잔인한 것을 본 찰스 다윈은 신이 있다면 도저히 이런 일이 일어날 수가 없다고 생각하고 최초로 신의 존재를 부인하는 계기가 되었다고 한다. 자연의 이런 순환 고리를 보면 부모로부터 교육을 받았을 리 없지만 DNA가 조종하는 대로 생명의 역사가 이루어지고 있는 것이 놀랍기 짝이 없다. 박테리아가 우연히 단세포를 만나 세포분열을 하며 진화한 생명체의 생존 본능은 정말 경이롭다.

비 오는 날

　날마다 내리고 있는 비로 정원은 온통 물바다를 이루고 있다. 나무며 꽃도 축 늘어져 있다. 보고 있자니 우주정거장에서 장기간 머물고 있던 어떤 우주인이 비 오는 날이 몹시도 그립다고 한 말이 생각났다. 물은 생명이니 아름다울 수밖에 없다. 저 비 떨어지는 모습도 아름답지만 우주인의 귀환 또한 아름다움의 경지를 넘어 경이롭기까지 하다. 나사에서는 우주인의 귀환성공률이 95%라 하고 우주비행사들의 계산으로는 60%라 하면서도 도전한 우주인이 존경스럽다. 창의력이 뛰어난 과학자 아이작 뉴턴의 업적과 수백 년 쌓은 물리학의 결과이지만 인간의 도전 정신이 놀랍다. 우주에서 비 오는 모습을 그리워할 수 있는 날이 언제 올까?

이런 저런 생각을 하며 창밖을 넋 놓고 바라보는데 풀잎 밑엔 나
비 한 마리가 날개를 다소곳이 접고 비를 피하고 있다.

비밀의 정원

아홉산 정원에는 약용식물로 재배하는 약모밀, 삼백초, 구릿대, 작약 그리고 천남성 등이 있다. 구릿대는 민간에서 약용으로 활용하기도 하지만 누구도 일부러 재배는 하지 않는 식물로 연못가 부근에 여기저기 자연스럽게 자라고 있다. 작약을 제외하면 모두 습지에서 잘 자라는 식물로 특히 잎과 꽃과 뿌리가 흰 삼백초는 제주도 습지에서 자라는 다년생 초본으로 이곳에서도 잘 자라고 또 번식력도 좋다. 또 삼백초는 향긋한 향이 있으며 성인병 예방으로도 좋아 차로도 많이 이용되고 있고 특히 황달, 부종, 피부질환 등에 효과가 있다고 한다. 이와 달리 어성초라고도 불리는 약모밀은 비릿한 생선 냄새가 나 약간 역겹지만 중국에서는 해독, 이뇨, 통변 등에 좋다고 하며 고혈압 예방 목적으로 차로 달여 먹는 등 거의 만병통치약으로 활용되는 중요한 약재라는 의미로 중약重藥, 또는 10가지 병을 고친다 하여 십약+藥으로도 불리고 있다. 또 구릿대는 두 해 또는 세 해살이 초본으로 한방에서 감기, 진통, 빈혈, 치통 등에 활용되며 여러 개의 꽃이 모여 둥글게 핀 것이 당근 꽃과 비슷하고 탐스러우며 만져보면 역겨운 냄새가 약간 난다. 잎에는 독성이 있으나 이걸 이용하는 곤충도 있다. 산호랑나비가 이곳에 알을 낳으면 애벌레가 되어 독이 있는 잎을 먹고 자란다. 그러

녹색에서 붉게 물들어 가는 천남성 열매

면 놀랍게도 머리 뒷부분에 주홍색 뿔이 V자로 올라와 냄새를 풍겨 천적을 쫓는 걸 볼 수 있다. 또 부인병에 많이 활용되는 작약은 꽃 중의 왕이 모란이라고 한다면 꽃 중의 재상으로 불리며 그 화려함이 여성에 비유된다. 그래서 흔히 미인을 표현할 때 "서면 작약이요, 앉으면 목단 그리고 걷는 모습은 백합이다."라는 말까지 있을 정도이다. 천남성은 음지에서 잘 자라는 다년초로서 이곳 아홉산 정원에서는 보리수나무 밑에 수줍은 듯이 자리 잡고 있다. 중풍, 반신불수, 소아경기 등의 치료에 사용되는 중요한 약재인 천남성은 늦은 봄부터 이른 여름에 걸쳐 녹색 꽃을 피우고 가을에는 옥수수 알갱이처럼 생긴 녹색열매가 빨갛게 익어 그 모양은 매우 매혹적이다. 그러나 그 뿌리는 사약에 포함될 정도로 유독한 물질 코이닌이란 알칼로이드가 함유되어 있으므로 사용할 때 주의가 필요하다. 이렇게 생명력이 넘치는 비밀의 정원에서는 오늘도 수많은 이야기를 만들어 가고 있다.

6월의 녹음

6월에 접어드니 안개꽃과 붉은 말발도리, 그리고 고광나무가
꽃을 피웠고 하늘나리와 접시꽃, 수레국화도 만개해 정원은 온통
꽃 속에 파묻혀 있다. 가뭄에 단비를 맞은 초롱꽃은 투명하고 영
롱한 물방울을 매달고 볼을 살짝 건드리면 눈물을 왈칵 쏟을 것만
같다. 초봄에 정원을 장식했던 화려한 튤립은 올해의 역할을 끝내
고 나이 든 내 어머니처럼 삐쩍 말라 땅바닥에 기듯이 겨우 붙어
있다. 이제 알뿌리는 파서 가을까지는 서늘한 그늘에 걸어두고 말
려서 내년을 기다려야겠다. 대풍작인 양파도 수확하고서 지인과
조금씩 나누어 농사의 즐거움도 함께 해야겠다. 양파를 수확한 그
곳에 약간의 거름을 주고는 고구마를 심을 것이다. 옆 이랑엔 비

잠자리가 날고 있는 풍경

바람에도 잘 견딘 키 큰 글라디올러스가 짙은 보라와 노란 꽃을
피워줬고 해바라기도 막 피기 시작하고 있다. 한편 뒤 정원엔 원
추리랑 산수국이 피기 시작했다. 점점 짙어져 가는 녹음 속으로
사람이 빨려 들어갈 것 같은 6월, 꽃밭에서 남편과 함께 새소리를
듣고 이름을 맞추기 하며 차 한 잔을 마시는 여유가 있어 좋다. 이
제 백일홍도 피기 시작했으니 앞으로 석 달 열흘간 꽃 못 볼 걱정
은 없을 것이다.

아홉산 정원 – 여름

정원과 마당

어릴 때 집 뒤뜰에는 사시사철 천 년 된 바람의 소리를 들려주는 맹종죽 밭이 있었고 그 밭을 한참 지나면 꽤 넓은 연못이 있었다. 방학 때 집에 가면 미끼를 끼지 않아도 잡힐 정도로 붕어랑 잉어가 많이 있었다. 여름엔 타이어 튜브를 타고 수영도 하곤 했었다. 산에서 내려오는 계곡물이 연못에 들어와 흘러넘치는 곳에 미나리꽝이 있어 미나리를 베고 며칠 지나면 어느새 또 자라나 있던 것이 무척 신기하기만 했다. 난 어른이 되면 계곡을 집 안에 넣어 정원을 만들어야겠다는 나만의 비밀을 가지고 있었다. 대학생이 되어 소쇄원에서 내 마음속에 꼭꼭 숨겨둔 그런 호방한 정원을 보고 세상엔 똑같은 생각을 하는 사람이 많구나 싶어 놀라웠다.

내 비밀을 들켜버린 것 같아 가슴이 막 뛰고 얼굴이 벌겋게 달아오른 기억이 있다. 우리 선조들은 중국 당나라 시인 백거이가 자신의 정원과 연못을 노래한 지상편에서 정원에 대한 영향을 받았다고 했다. 조선후기에는 도시문화가 생기면서 정원에 관심이 많아지며 정원 가꾸기도 유행했다고 한다. 그리고 문인 화가들 사이에서는 그림을 그려 정원을 즐기는 '상상의 정원'이 유행하기도 하여 정원을 실내로 끌어들이기도 했었다. 허나 우리 서민들에게는 심미적 공간이라기보다는 마당이란 이름으로 봄에는 농사 준비를 하고 가을에는 수확한 온갖 곡물을 정리하던 생활공간의 역할을 주로 했었다. 마당에는 의례히 감나무가 한 그루쯤 있고 한 모퉁이에는 봉숭아나 채송화가 한낮 태양바라기 하는 모습이 오래된 흑백 사진처럼 눈에 떠올랐다. 그리고 아이들은 봉숭아 꽃잎을 이겨 손톱에 물들이는 풍경이 떠올라 아직 물들이지 않은 하얀 내 손톱을 가만히 내려다보았다.

녹음을 배경으로 한 잔디정원

매미소리

감나무 위로 타고 올라간 능소화가 주황색 꽃을 매달기 시작하고 나리와 백합도 서로 경쟁을 하는 듯 꽃을 피우고 있다. 온통 꽃향기에 싸여있는 정원 한 모퉁이에서 느닷없이 매미소리가 들리니 얼마나 반가운지 몰라 나도 모르게 벌떡 일어나 밖으로 나가보았다. 키장다리도 궁금한지 노란 얼굴로 방긋 웃으며 내다보고 있고 무궁화도 꽃을 피우고는 매미가 찾아주길 기다리고 있는 듯했다. 매미는 왕의 모자 익선관翼蟬冠에 등장할 정도로 오덕을 겸비하고 있다고 칭송을 받았다는 기록이 있다. 머리모양이 의관을 닮았다 하여 문文, 이슬과 수액을 먹는다 해 청淸, 곡식과 과일을 해하

매미소리가 들리는 듯

지 않아 염廉, 집이 없을 정도로 검소해 검儉, 올 때와 갈 때를 아니
신信이라는 다섯 가지 덕을 갖추었다고 보았다. 그리고 정약용의
소서팔사小暑八事법 중 숲 속에서 매미소리 듣는 일도 그중 하나라
는 기록이 있는 걸 보면 우리 선조들은 매미를 정말 좋아한 것 같
다. 그러나 요즘 도시에서는 밝은 불빛 아래 밤에도 울어대니 그
것 또한 공해라고들 한다. 하지만 나는 이렇게 첫 매미 울음소리
들으면 어릴 적 집 앞 미루나무 꼭대기에서 울어대던 그 매미소리
와 어울려 고향 생각에 잠기게 된다. 갑자기 비가 내리기 시작하
자 빗소리에 놀란 듯 매미소리는 그쳤고 두꺼비는 엉금엉금 기어
어디론가 부지런히 가고 있었다.

아홉산 정원 – 여름

조화로움이란

조화로움

　　정원엔 안개꽃과 캐모마일이 꿈속같이 아련하게 피어 있고 각종 허브들도 꽃을 피워가며 한바탕 여름날의 축제를 벌이고 있다. 벌과 나비들도 초대를 받았는지 이 꽃 저 꽃 옮겨 다니며 인사를 하느라 분주하다. 키 큰 접시꽃엔 일찌감치 벌들이 자리를 잡고 앉았다. 오늘의 무대로 하얀 자작나무를 고른 새들이 나뭇가지 위에서 노래를 부르니 '아홉산 정원' 음악회는 시작되었다. 늦게 도착한 바람도 존재를 알리니 꽃들은 한바탕 출렁이며 꽃향기를 뿜으며 환하게 화답한다. 정원도 다양한 식물이 서로 어울릴 때 아름답듯이 우리 젊은이들도 모두 획일화된 똑같은 꿈을 꾸지 말고 저마다의 소질과 특성을 살려 다양한 꿈을 키워 경쟁력 있고 조화로운 사회를 만들어 주었으면 좋겠다. 아름답고 향기롭다고 장미만 정원에 있다면 장미가 지고 난 후 그 허전한 정원을 어떻게 할 것인가. 좋은 풍경이나 좋은 삶도 서로의 조화로움에서 나오고 그러한 곳에서 건강한 사회도 이루어질 것이다.

행복

정원을 가꾸다 보면 물질적인 풍족함보다는 소박한 마음의 여유가 주는 풍족함이 우리를 행복하게 한다. 오늘날 심리학자들이 말하길 현대인은 경제적으로는 그 어느 시대보다도 풍족한 생활을 하고 있으나, 가치관을 스스로 너무 높여 놓고 행복하지 않다고 생각하며, 또 지나치게 자기중심적으로 평가하여 평균이라는 폭력에 자신을 비교하면서 불행하다고 생각하고 있다고 한다. 돈과 행복 관계도 기대치를 함께 감안해야 하므로 예측하기 어렵고 복잡하다고 했다. 기대치는 여러 요인에 따라 달라진다. 잘사는 국가라 해서 국민의 행복지수가 높아지지 않는다는 이스털린 역설Easterlin Pardox과 같은 현상이 나타난다고 한다. 부유한 국가가 아니지만 부탄 국민들의 행복 지수는 매우 높다. 이같이 행복은 시대와 다양한 환경에 따라 변하기도 하지만 행복관은 지극히 현실적이고 안전 지향적이다. 이렇게 많은 대내외 요인에 의해 달라지나 정원을 가꾸다 보면 자연과 교감을 주고받으며 긍정적 자극을 받는다. 자연 속에서의 삶은 평균이라는 폭력에 덜 시달리는 것 같다. 비교의 대상을 절대적인 자연으로 삼고 그냥 의지하고 순응하면 그 무엇 하나 감사하지 않는 것이 없고 그것이 바로 행복해질 수 있는 길이 아닐까라는 생각이 들었다.

행복은 항상 가까운 곳에

모네
정원

오래전에 원예나 정원 가꾸기보다는 그
림에 관심이 많아 프랑스의 시골마을 지베
르니를 방문한 적이 있었다. 모네의 수련 연작 시리즈를 오랑주리
미술관에서 감상한 후 그림의 모티브가 된 정원을 보기 위해 녹
음이 우거진 6월에 그곳을 찾았다. 프랑스 정원의 대칭적이고 기
하학적인 배치나 인공적인 면은 보이지 않았고 그리 낯설지 않은
우리 동양적 정서를 느낄 수 있었다. 이는 당시 유행했던 일본 문
화풍이 그림뿐 아니라 정원에도 그대로 반영되어 있었기 때문이
다. 주변의 물길을 끌어와 연못을 만들고 연못가에는 대나무와 벚

정원도 사람과 함께

나무도 심어져 있었으며 수양버들 가지는 연못으로 축 늘어져 물
속에 짙은 그림자를 드리우고 있었다. 햇살 좋은 여름날 보석 같
은 정원엔 수많은 꽃들이 피어 그야말로 눈이 부셨고 그림과 원예
에 관심이 많은 사람들에겐 꼭 방문을 권하고 싶은 세계적 명소라
고 생각했다. 정원에서 식물을 직접 가꾸며 마음의 휴식과 평화를
통해 창작에 영감을 더욱 많이 받았을 인상주의 거장 빛의 마술사
클로드 모네도 훌륭한 원예가였다는 점이 수긍되었다. 우리의 미
래는 자연을 사랑하며 자연과 공존할 때 더욱 풍요롭고 창의적 아
이디어가 나오지 않을까.

정의의
칼

시골생활을 하면서 아침식사는 집에서
나는 제철 음식으로 간단하게 먹는다. 주
로 텃밭 정원에서 기른 채소로 당근, 비트, 토마토, 양배추, 고구
마, 케일, 치커리, 오이 등 그때그때 나는 야채와 삶은 계란을 1개
씩 먹고 시장에서 구입한 사과는 반쪽씩 나눠먹는다. 칼을 잃어버
려 색상이 꼭 마음에 드는 과일톱칼을 하나 구입했다. 아침마다
사과를 나눌 땐 남편이 눈치채지 못할 정도로 의도적으로 내 쪽
을 조금 크게 자른다. 그런데 칼은 아무리 내 쪽을 크게 하려 해도

꿈의 정원 속으로

이상하게 똑같은 반쪽으로 잘라진다. 아침마다 시도해도 한결같
아 나는 그 칼을 '정의의 칼'이라는 이름으로 부르고 있었는데 이
제 그 톱날칼도 오랫동안 사용하다 보니 많이 무디어졌다. 지금은
그 서슬 퍼런 정의는 찾을 수 없고 사과를 자르면 내 의도대로 한
쪽이 조금 커지게 잘라진다. 남편은 애초부터 사과 크기의 차이가
있음을 알고 있었다고 한다. 그래도 계란은 이리저리 굴려가며 큰
걸 남편에게 준다는 사실도 함께 알아주었으면 좋겠다.

'뻐꾹'소리가
들리는 듯한
뻐꾹나리

파초

　아버지 사도세자의 한이 느껴지는 조선시대 정조의 '파초도'를 보면 조금 외롭게도 보이는 약한 파초지만 홀로 서 당당히 세상에 맞서가고 있는 것 같은 느낌이 든다. 정조는 개혁만이 살길이라 보고 많은 인재들을 뽑아 문화융성을 통해 화합하며 나라를 발전시키려 노력했다. 스스로 그림도 그리며 도화원을 적극 지원하기도 했다고 한다. 군더더기 없이 정갈한 '파초도'를 보면 정조의 성품이 느껴진다. 내 정원에도 한 그루 심어보고 싶다. 온대성 파초는 -10~ -12도까지 견디나 주로 따뜻한 지방에서 흔히 볼 수 있는 식물이지만 우리 문학에도 자주 등장한다. 옛 어른들은 정원에 파초를 심어 빗물 떨어지는 소리를 즐기고 대나무는 심어 바람소리

를 즐겼다고 한다. 이처럼 우리 선조들은 파초 잎에 떨어지는 빗
소리, 댓잎을 스치는 바람소리에도 풍류를 즐길 줄 아는 멋진 인
생철학을 갖고 있었다니 나도 모르게 고개가 끄덕여진다. 지금 대
밭에선 바람이 이는지 댓잎이 흔들리기 시작한다.

시골 살이

　시골 생활을 잘하려면 자발적 가난을 즐겨야만 한다. 작은 수익을 위해서라도 많은 노력을 해야 하므로 부지런해야 하고 지칠 줄 모르는 끈기와 체력도 필요하다. 하지만 그것에 대한 보답은 대단하다. 도시에서 얻기 어려운 맑은 공기와 깨끗한 물, 친환경적인 먹을거리 등이 우리들 몸을 위한 것이라면 마음의 안정을 주는 것은 새소리와 바람소리, 계절마다 옷을 갈아입는 논과 밭, 나무와 풀 등이 주는 즐거움이다. 그리고 이웃과의 따뜻한 정은 덤이라고 하겠다. 자연은 열려 있고 누구에게나 감동을 주고 있고 시야가 넓은 시골 생활은 내 의지와 상관없이 자연이 주는 혜택이 내 몸에 주어진다. 칸트도 아름다움에 대한 인식이 우리 속에서 자란다고 했으며 보다 자유로운 시골 환경이 풍성한 감성을 만들어 내지 않을까 싶고 선택은 누구에게나 열려 있다.

정원도 쉬고 있는 여름날

자연도 과학

곤충과 식물도 각자 살아가는 나름대로의 전략이 있다. 애초에 사람들은 토마토를 꽃을 보기 위한 화훼식물로 키워왔으나 17C 초에 이르러 식용 채소로 재배했다고 한다. 토마토는 특정한 벌에게만 수분을 할 수 있도록 벌 날개의 주파수 350Hz 진동에만 꽃가루가 나오게 하므로 인공 수분이 어려웠다고 한다. 식물도 우수 종자를 얻기 위해 끊임없이 진화해 여기까지 오지 않았나 싶다. 벌은 아래에서 위로 올라가며 꿀을 모으는 습성이 있다고 한다. 눈은 보라색과 자외선을 볼 수 있어 보라색 꽃이 벌을 불러들이기 유리하다고 한다. 그리고 자외선은 꽃이 밝고 빛나는 모습으로 보이게 한다고 한다. 이와 같은 벌의 습성에 맞춘 것처럼 꿀풀은 꽃을 아래부터 위로 피워가며 시기를 달리하여 수분율이 유리하게 진화했다. 또 산수국은 가운데의 유성 꽃에 수분하기 위하여 유성 꽃 주위에 화려한 무성 꽃으로 벌, 나비를 유도한다. 일단 수정이 끝나면 화려한 무성 꽃을 뒤집어 다른 꽃에 수정할 기회를 준다. 갈릴레오는 자연은 수학의 언어로 되었다고 했다. 피보나치 수열로 이루어진 해바라기와 솔방울 씨앗 배열 등을 보니 자연도 수학의 공식으로 이루어진 과학이라는 생각이 들었다. 지금 정원엔 하고초夏枯草라고도 불리는 보랏빛 꿀풀이 무더기로 피어 벌을 불러들이고 있다.

글라디올라스를 꺾어 들고

청정한 곳

성글게 달린 포도가 보라색으로 서서히 물들기 시작하는 계절, 아침부터 여기저기서 '따따따따닥' 딱따구리가 나무를 쪼는 소리가 들려온다. 튼튼한 부리와 긴 혀를 이용해 나무 속의 곤충과 애벌레를 잡아먹느라 1초에 5~6회 하루에 12,000번 정도 나무를 찍는다니 측은한 생각도 든다. 창가에서 보니 야외에선 잘 보이지 않으나 뒷머리 쪽에 빨간 점이 있는 수컷 쇠딱따구리가 보인다. 나무에 앉아 벌레를 잡는 건 아닌 것 같은데 나무를 두들겨 세력권을 과시하는 행동인 드럼밍Drumming을

수국을 한 아름 품에 안고

하고 있는 것 같다. 우리나라 전역에서 번식하는 흔한 텃새인데 겨울에도 박새 무리들과 섞여 정원에서 가끔 볼 수 있다. 얼마 전에는 흔하지 않은 여름 철새 후투티가 머리 꼭대기에 부채모양의 우관을 하고 잔디밭에 앉아 있었다. 거미인지 곤충의 유충을 먹는지 열심히 쪼아 먹더니 무엇에 놀랐는지 우관을 높이 세우고는 날아가 버린다. '뽀뽀, 뽀뽀, 뽕뽕' 하는 독특한 울음소리를 듣지 못한 것이 못내 아쉽지만 아직 이곳이 청정한 곳이라는 걸 확인했다. 높은 하늘엔 시력이 사람의 10배나 된다는 참매가 소리 없이 선회하고 있다.

노루오줌 꽃이 필 무렵

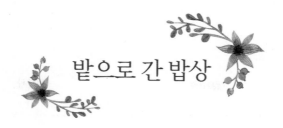

밭으로 간 밥상

난 솔직히 요리에 관심도 없고 솜씨도 없다. 정원에서 종일 일을 하는 것은 괜찮은데 부엌에만 들어가면 다리도 붓고 힘이 든다. 요리는 땅의 기적이고, "요리한다, 고로 인간이다"라고 하지만 먹는 것도 그리 관심이 없어 혼자 있을 땐 굶는 일이 많다. 아이슬란드에서는 식재료가 귀하다 보니 동물도 울음 빼고 다 먹는다는 말이 있는데 이곳 텃밭 정원은 여름에는 끊임없이 신선한 재료를 만들어 내는데 맛있는 요리를 못 해 아쉽다. 가족들에게 재료 자체의 맛이 최고라며 마법의 주문을 걸고는 최소한 손이 적게 가는 음식을 만든다. 남편이랑 일을 하며 오늘 점심은 비빔밥을 해야겠다는 소리를 들은 아들이 내가 할 때보다 훨씬 많은 재료를 넣고 맛있는 볶음밥을 만들어 밥상을 들고 밭으로 왔다. 생각지도 못한 선물이 고마웠지만 밭엔 테이블과 의자도 번듯이 있는데 밥상을 들고 밭으로 온 것을 보고 세상에 이런 생각도 다 하는가 싶어 놀라웠다. 요즘도 가끔 밭에서 밥상을 차려놓고 밥을 먹는 꿈을 꾼다.

자기 사랑

"오직 내 안에 위안과 희망, 평화를 찾을 수 있으니 남은 나날 동안 홀로 나 자신에게만 전념하고 싶다"는 말은 '고독한 산책자의 몽상'을 통해 루소가 남긴 말이다. 타인에 대한 미움 없이 순수한 자기 사랑이 인간을 행복하게 만든다고 생각했다. 무엇보다 자신이 좋아하는 일을 하는 것도 자기 사랑을 할 수 있는 한 방법일 것이다. 삶이 언제 끝날지 모르니 나이와 건강도 상관 말고 후회하는 삶이 되지 않게 좋아하는 일에 도전해 보면 새로운 것이 보일 것이다. 도전은 뇌도 발달시켰다는 진화론도 있지 않은가. 좋아하는 정원을 가꾸다 보니 씨를 뿌리지도 않았는데 언젠가부터 위안과 희망, 평화가 싹터 자라고 있는 걸 발견했다. 그리고 도전과 전념이 곧 행복이라는 것도 깨달았다.

여름날의 개망초

아홉산 정원 - 여름

Ahopsan Garden

정원에서
돌아오는 길

양대 콩

양대는 4월 초에 심어 7월 중순에 수확한다. 익어가는 대로 수확을 하는데 며칠씩 비가 내릴 땐 꼬투리 안에서 싹이 트기도 한다. 알이 충실한 건 말려 씨앗으로 쓰고 나머지는 갈무리하면 일년간 먹을 수 있다. 며칠씩 계속하여 비가 오는 날엔 발아된 콩밥을 먹기도 한다. 가끔 비로 인해 일을 할 수 없는 날엔 양대가 촘촘히 박힌 밀가루 술 빵을 먹었던 기억이 났다. 어느 날 마루에 늘어둔 예쁜 콩을 갖고 놀다 호기심에 콩 한 알을 콧구멍에 넣어 콧등을 살짝 누르면 톡 튀어나오는 재미에 빠졌다. 조금 깊게 넣으면 멀리까지 보낼 수 있을 것 같아 깊이 넣어 보았다. 콩이 점점 불어나 빼지 못해 혼이 난 웃지 못할 황당한 일이 있었지만 양대는 지금도 무척 좋아하여 올해도 12kg 정도 수확했다. 우리나라는 삼국유사에 보면 약 1900년 전 콩 재배 기록이 있으며 두만강豆滿江도

바람결에 핀 백도라지

콩을 가득 실어 나르는 강이라는 뜻인 만큼 콩을 많이 재배했다.
1930년대만 해도 세계 2위 콩 재배국이었다. 그러나 지금은 주요
수입국이 되어 버린 것이 안타까우며 삶을 바꾸려면 마음을 바꿔
야 하고 마음을 바꾸려면 음식을 바꿔야 한다는 옛말이 생각났다.
콩에는 비타민이 없지만 콩나물로 기르면 섬유질과 함께 콩나물
100g에 비타민C가 13mg이 생긴다고 하니 오늘 저녁엔 콩나물국
을 끓여야겠다.

명당

많은 사람들이 전원생활을 꿈꾸며 살 곳을 구하려고 하고 있다. 나 또한 마찬가지였지만 산 좋고 물 맑고 인심 좋은 명당을 찾아 10년을 찾아 헤맸다. 결국 명당이라기보다 내 경제 사정에 맞추어 가장 적합한 곳을 선택했다. 20년 이상 살아보니 중당中唐시절에 유우석이 쓴 '누실명'에서 "산은 높아서 명산이 아니고 신선이 살

높다고 명산이 아니다

면 이름을 얻고 물은 깊어서가 아니라 용이 살면 영험한 것이다"
라고 한 말이 딱 맞는 것 같다. 내가 어디에 사는 것이 문제가 아니
고 내가 그곳에서 어떻게 사는가가 중요하다. 어디서 살든 행복한
사람은 풍성한 사회적 관계에서 나온다니 남을 배려하며 내가 하
고 싶은 일을 하며 살면 그곳이 명당이 될 것이다.

아홉산 정원 – 여름

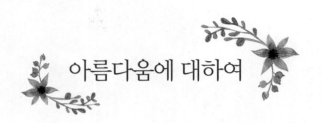

아름다움에 대하여

　오스트리아 미술가며 건축가인 훈데르트 바서는 환경운동가로 자연과 더불어 사는 녹색도시를 꿈꾸며 "아름다움이 만병통치약이다"라고 했다. 공자도 남성들에게 미인을 좋아하는 만큼 학문을 좋아하라 한 걸 보면 어떤 아름다움이건 아름다움은 약인 것같다. 11C에 세워진 세계에서 아주 오래된 대학 중 하나인 이탈리아의 파르마대학 신경생리학자 친씨아 디디아도 전두엽의 감정을담당하는 부분이 아름다운 대상에 반응하는 걸 확인했다. 이 아름다움 또한 욕망에 지나지 않으며 허깨비 꿈에 지나지 않는다 할수 있지만 종교에서는 "존재하는 모든 것이 아름답다"라고 한다. 세상은 온통 아름다움으로 가득 차 있으나 사람의 마음에 따라 보

들꽃 사랑

이는 것이 달라진다니 아름다움을 보는 마음을 키워야 할 것 같다. 등골 휘게 일은 하지만 정원 가꾸기를 통해 이 마음을 키워가고 있고 오늘은 또 어떤 아름다움이 날 감동시킬지 무척 설렌다.

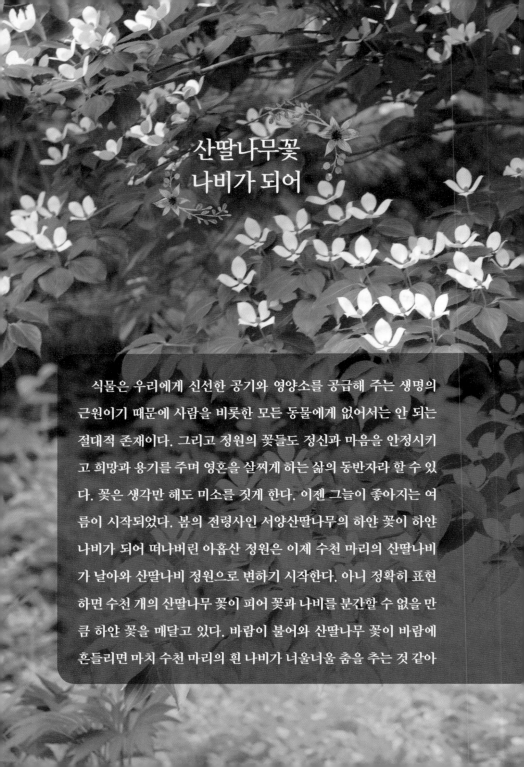

산딸나무꽃
나비가 되어

식물은 우리에게 신선한 공기와 영양소를 공급해 주는 생명의 근원이기 때문에 사람을 비롯한 모든 동물에게 없어서는 안 되는 절대적 존재이다. 그리고 정원의 꽃들도 정신과 마음을 안정시키고 희망과 용기를 주며 영혼을 살찌게 하는 삶의 동반자라 할 수 있다. 꽃은 생각만 해도 미소를 짓게 한다. 이젠 그늘이 좋아지는 여름이 시작되었다. 봄의 전령사인 서양산딸나무의 하얀 꽃이 하얀 나비가 되어 떠나버린 아홉산 정원은 이제 수천 마리의 산딸나비가 날아와 산딸나비 정원으로 변하기 시작한다. 아니 정확히 표현하면 수천 개의 산딸나무 꽃이 피어 꽃과 나비를 분간할 수 없을 만큼 하얀 꽃을 매달고 있다. 바람이 불어와 산딸나무 꽃이 바람에 흔들리면 마치 수천 마리의 흰 나비가 너울너울 춤을 추는 것 같아 정신이 다 어쩔해 진다. 고광나무도 하얗게 꽃을 피워 은은한 향기를 내뿜고 있다. 미국 러트거스 대학 연구자 자넷 해빌런드 존슨의 심리학 연구에서 꽃향기에 노출된 그룹은 '즐거운 말'을 상당히 많이 사용한다는 걸 밝혔다. 그것을 증명이라도 하듯 나도 모르게 '아! 좋다'라는 말이 절로 나오며 눈이 감겼다. 세상은 가뭄으로 야단이지만 그늘 밑에 핀 노란 달맞이꽃은 자태를 뽐내고 있다. 텃밭 상추는 축 늘어져 있고 완두콩은 쭉정이가 더 많고 부추는 누렇게 떠 있다. 오늘밤엔 전국적으로 약간의 비가 온다지만 햇볕은 쨍하고 개구리 울음소리도 들리지 않는다. 정원엔 바람은 불고 있으나 비를 머금고 있지 않으니 비 오기는 틀린 것 같으나 하얀 산딸나무 꽃은 나비가 되어 춤을 추고 있다.

나비가 된 산딸나무꽃

연못에서 돌아오는 길

갈맷빛 정원에 숨은 집

갈맷빛 정원

보리밥 열매는 빨갛게 익어 있고 하늘말나리도 하늘 향해 피어 둘은 마주 보고 사랑에 빠져 있는 것 같다. 곁에서 군락을 이루고 있는 노루오줌은 꽃필 준비를 끝내고 오늘 필까 내일 필까 좋은 날을 잡고 있는 것 같다. 흐드러지게 꽃이 피는 봄은 지나고 정원은 숨을 고르며 또 다른 여름꽃을 피울 준비를 하고 있다. 햇볕은 날마다 강해지더니 텃밭의 양파는 다 쓰러져 수확을 알리고 있고 오이도 튼실하게 자라 매일 식탁에 오르고 있다. 나름대로 고심해 고추장, 된장, 초장에 3일은 찍어 먹고 이틀은 양파랑 미역과 무쳐 먹고 하루는 채국을 한다. 7일째는 젓갈과 부추를 넣어 겉절이 김치를 만들어 매일 달리 먹고 있으나 남편은 날마다 똑같은 반찬이라 투정을 하며 오이 끝물을 기다리고 있다. 그러나 나는 남편이 눈치채지 못하게 화분에 오이씨를 심어 이모작 준비를 하면서 회심의 미소를 짓고 있다. 발밑에서 시작한 봄은 나뭇가지에 작설 같은 잎을 내어 정원을 연둣빛으로 물들이더니 이제는 그 빛이 점점 짙어져 아홉산 정원은 시커먼 녹색인 갈맷빛으로 변해가고 있다.

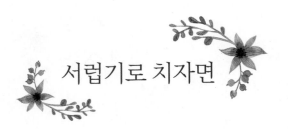

서럽기로 치자면

　먼 산에서 들리는 뻐꾸기 울음소리는 왜 저리도 슬프게 들리는지 모르겠다. 솔 적(적)다고 '소쩍소쩍' 울어대는 소쩍새라면 모르겠는데… 뻔뻔하게도 제보다 훨씬 작은 오목눈이 둥지에 탁란하여 새끼를 키우고도 무엇이 서러운지! 서럽기로 치자면 여름날 몸보신을 해야 하는 여원 주인의 눈치를 봐야 하는 동네 살찐 개들만큼이나 서러울까 싶은데… 이때 왕오색나비가 날아든다. 춥고 긴 겨울을 낙엽 밑에서 잠자며 힘들게 보낸 애벌레는 따뜻한 봄이 오면 나무 위로 올라가 잎을 갉아먹으며 나뭇잎과 애벌레가 구별이 되지 않을 만큼 나뭇잎을 닮아간다. 그런데 왕오색나비 애벌레가 점점 자라 번데기가 되면 약삭빠른 기생벌이 한 번에 수십 개

의 알을 번데기 속에 낳는다. 그러면 기생벌의 애벌레가 번데기를 먹고 자라 기생벌이 탄생하게 되니 나비가 되는 확률은 1%도 안 된다니 서럽기로 치자면 나비만 할까.

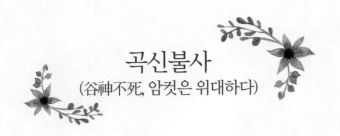

곡신불사
(谷神不死, 암컷은 위대하다)

역할을 끝낸 봄꽃들을 정리하고 새로운 여름 꽃을 피울 준비를 위해 정원 가장자리에 피었던 캐모마일을 베어내다 울타리 쪽에서 퍼드덕하는 소리에 깜짝 놀랐다. 이 꽃을 은폐물로 삼아 보금자리를 만들고 알을 낳던 까투리가 인기척에 놀라 날아간 것이다. 괜스레 미안한 마음이 앞서 신경이 쓰였다. 혹시나 싶어 확인해 보니 둥지엔 꿩알이 1개 있었다. 색을 결정하는 2종류의 색소에는 붉은색이나 갈색을 만드는 프리토포르피린과 파란색과 녹색을 만드는 빌리베르딘이 있는데 알은 빌리베르딘에 의해 청록색을 살짝 띄고 있었다. 알을 두고 혹시 돌아오지 않을까 걱정이 되었다. 다음 날 아침 조심스럽게 가보니 2개의 알이 나란히 둥지에 있었고 까투리는 먹이를 찾아 나갔는지 보이지 않았다. 순식간에 내 마음은 평화를 찾았고 내일은 3개의 알이 될까 궁금해하며 기다려졌다. 들 고양이에 들킬까 봐 베어낸 캐모마일 꽃으로 겹겹이 울타리를 쳐주며 무사하길 바랐다. 다음 날 기대대로 3개의 알이 확인되었다. 8일째는 알을 품기 시작해 부화에 방해가 될까 봐 멀리서만 관찰하다 꼭 한 달이 된 오늘 살며시 둥지를 살펴보니 벌써 부화를 해 이소까지 끝내고 둥지에는 깨진 5개의 껍질만 나뒹굴고

있었다. 모든 새끼를 품는 암컷은 무엇에 견줄 수 없이 위대하다
고 본다. 유심히 관찰해도 장끼라는 놈은 코빼기도 보이지 않았다.
한번 알을 품으니 먹이 활동을 하는지 마는지 꼼짝 않고 비가 억수
같이 퍼부어도 둥지를 떠나지 않았다. 한 달 가까이 한자리에 있는
모습이 참으로 경이롭기만 했다. 노자는 『도덕경』 제6장에 '세상
만물을 끊임없이 잉태하고 낳는 암컷의 힘은 도의 무궁한 이치와
같아서 아무리 써도 다함이 없듯이 끊임없이 이어진다곡신불사시위
현빈谷神不死是謂玄牝   현빈지문시위천지근玄牝之門是謂天地根   면면약존용지불근綿綿
若存用之不勤'고 하면서 도의 무궁한 이치를 암컷의 위대한 힘에 비유
하며 말하고 있다. 꿩 가족이 떠난 정원은 카라와 백합이 피어 향
기롭고 백일홍도 밭 한가득 피어 있다. 노란 키장다리도 활짝 피어
키 자랑을 하고 있다. 일찍 핀 접시꽃은 씨앗을 매달고 버티고 있
고 하얀 도라지꽃도 꽃잎이 누렇게 변해 쪼그라들며 씨앗주머니
를 만들고 있다. 잠자리는 한가롭게 무리 지어 꽃밭 위를 날고 있
고 뜨거운 태양을 받아 모감주나무 꽃은 더욱 샛노랗게 빛났다.

5개의 꿩알

산딸나무 뒤로 격자창이 보이는 집

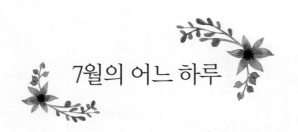

7월의 어느 하루

7월의 어느 무더운 날 거실에서 보이는 키 큰 소나무 위에 노란 잉꼬 한 쌍이 날아드니 이어 또 다른 한 쌍이 날아들었다. 잉꼬는 대체로 쌍으로 날아다니는 걸 관찰할 수 있다. 후덥지근한 날씨로 아무 일도 할 수 없어 무력하게 앉아만 있는데 마을 방송으로 야외에서 일을 하지 말라는 폭염주의 재난 경고 방송이 들렸다. 뜨거운 덱 위에선 올챙이에서 참개구리가 된 지 얼마 안 된 애기 엄지손가락만 한 애기 참개구리가 바로 코앞으로 개미가 기어가도 먹을 줄 모르고 미동도 하지 않는다. 겹쳐진 잎들이 마치 부채같이 생긴 주황색 부채꽃은 반쯤 쓰러져 피어 있고 원추리와 참나리는 미국선녀벌레가 덕지덕지 붙어 안쓰럽기만 하다. 이때 비라도

화사한 꽃잎을 떨어뜨리고 씨를 맺은 캐모마일

한바탕 내려주면 좋을 텐데. 나무 위에선 매미가 쉬지 않고 울어대고 매미에 뒤질세라 땅에선 땅강아지가 울어대며 화답하니 마치 내 귀에서 나는 소리 같아 도무지 정신이 다 없을 지경이다. 이때 풀숲에서 꽃뱀 한 마리가 슬그머니 기어 나와 잔디밭을 가로질러 대밭으로 쑥 들어갔다.

허브정원

한여름 정원엔 내 키만큼 자란 베르가모트가 옅은 자색의 꽃을 피워 뛰어난 자태를 뽐내고 있다. 개화기간이 길어 마음에 드나 키가 커 지지대를 세워줘야 하는 불편한 점이 있다. 유럽 서남부가 원산지인 디기탈리스도 키가 1m 이상 되는 다년초로 비옥한 토양을 좋아하는데 올해는 비가 내리지 않고 거름기가 적어 내 손한 뼘 정도밖에 자라지 못하고도 골무 같은 꽃을 앙증맞게 매달고 있다. 영어에서는 '여우의 장갑'을 뜻하는 폭스 그로브Fox glove라 하며 독일어에서는 '여우의 모자'라는 뜻인 푸쉬후트Fuchshut라고 한다. 독이 있어 취급할 때 주의해야 하나 디기탈리스는 적어도 13C 이후부터 민간에서 부종의 치료제로 사용되었다. 디기탈린은

오늘날 가장 효과적인 심장강화제로 인정받고 있다고 한다. 뿐만
아니라 다른 식물의 성장을 촉진하는 효능이 있어 과수목이나 토
마토, 감자 등을 근처에 심으면 좋고 굼벵이 퇴치에도 좋다고 한
다. 디기탈리스 잎을 꽃병 속의 물에 섞으면 시들어 가던 꽃이 다
시 생기를 찾기도 하니 플로리스트에게는 고마운 존재다. 내년엔
거름을 듬뿍 줘 내 키만큼 키워 대롱형 꽃차례를 즐겨 볼 것이다.

모기

　큰 포식자는 눈에 쉽게 띄니 대처할 수 있지만 이건 내 몸 어딘가 붙어 있어도 물리고 난 후에야 알 수 있으니 세상에서 가장 무서운 것이 모기라는 것을 절절이 체감하며 살고 있다. 모기에 의한 질병으로 죽는 사람이 교통사고로 죽는 사람보다 많다고 한다. 그렇다고 김매기나 풀베기를 하지 않을 수 없다. 여름엔 작업복이 얇다 보니 앉아서 일을 하다 보면 옷이 밀착되는 허벅지와 엉덩이는 모기에 물려 온통 벌겋게 부어 있고 가려워 일의 능률이 오르지 않는다. 생각다 못해 이 더운 여름날 바지를 두 개씩 입고 일을 하니 숨이 턱 막힌다. 오늘도 일을 끝내고 들어오는데 모기란 놈이 따라 들어와 주위를 맴돌고 있다. 작정을 하고 팔뚝을 내밀고

여름날의 칡꽃

앉기만 기다리니 드디어 앉아 피를 빨기 시작했다. 난 있는 힘을
다해 근육을 수축시켜 침을 못 빼게 했다. 한동안 지켜보니 피도
더 이상 빨지 못하고 꼼짝도 못 하고 있었다. 오늘 제대로 응징을
하고 나니 속이 다 후련하나 물린 곳이 가려워 약을 바르고 또 바
르며 여름을 나고 있다.

사위질빵

8월의 정원은 움직임이 적어 그냥 그렇게 있다고 표현하고 싶으나 간혹 감나무 위에서 풋감이 툭 떨어지곤 한다. 강한 전지로 한 번도 꽃을 피우지 못한 회화나무는 올해는 아카시꽃 같은 꽃을 피워 벌을 부르고 있고 그 밑엔 새색시 같은 상사화도 피어 있다. 미나리아재비과의 덩굴성 낙엽 관목인 사위질빵은 장마가 시작되면 흩 동백 같은 향기로운 하얀 꽃을 피우는 노각나무 위를 타고 올라가 있다. 잔잔한 꽃이 하얗게 핀 것이 마치 솜사탕이 뜯겨 여기저기 흩어져 있는 것 같다. 담장 위엔 덩굴이 여기저기 길게 늘어져 꽃망울을 가득 매달고는 모레쯤이면 필 것 같다. 길이가 3m 내외의 덩굴식물로 줄기의 가늘기를 치자면 볼펜심 굵기보다 조

사위질빵 리스

금 굵다. 옛 어른들은 사위를 얼마나 귀한 손님으로 여겼던지 사위가 힘들까 봐 이 줄로 짐을 메게 했다 해서 이런 이름이 붙었다는 얘기가 있다. 참으로 해학적인 이름으로 정이 가며 미소가 절로 나게 한다. 갑자기 이 줄로 얼마만큼의 짐을 묶어 멜 수 있는지 확인해 보고 싶은 충동이 생겼으나 너무 더워 밖에 나갈 엄두가 나질 않았다.

빗소리

　도시에서는 비가 오면 잔잔한 음악을 들어가며 비 오는 걸 즐겼는데 이곳에선 빗소리를 즐기기 위해 음악을 틀지 않는다. 오직 빗소리에 귀 기울이다 보면 또 다른 세상이 펼쳐져 명상의 효과를 얻을 수 있다. 눈에 띄지 않는 화장실 처마 밑에 필요에 따라 사용하다 제 할일이 끝난 다양한 화분이랑 물뿌리개, 물통 등을 놓아두었는데 비가 오면 낙숫물에 의한 묘한 화음을 낸다. 화장실 작은 창문으로 들리는 이 빗소리는 그야말로 자연의 오케스트라이다. 몸도 마음도 비울 수 있으니 이곳은 최상의 안식처처럼 느껴지나 한편으로는 웃음이 절로 난다. 오랜 가뭄으로 농작물과 꽃들은 시들어 죽어가고 있는 여름날 난 매일 틀리기만 하는 일기예보

빗소리 들으며

에 오늘은 혹시나 하면서 하늘만 쳐다보고 있는데 고맙게도 한바
탕 소나기가 내렸다. 화장실 창문으로 들리는 오늘 낙숫물 소리는
주체 못 하는 젊음을 발산하는 록페스티벌 같았고 꽃과 나무들도
흥에 겨워 춤을 추고 있다.

곧 가을

무덥기로 치자면 살아오면서 올해만큼 무더운 해가 없었을 것이다. 열대야는 지구 온난화와 엘니뇨 현상으로 빚어진 '고온현상'으로 여름밤의 최저 기온이 섭씨 25도 이상인 밤을 의미하는데 옛날에는 이 용어 자체가 없었으나 이제는 우리나라에도 아주 흔하게 나타나게 되었다. 또 낮에는 아무리 더워도 그늘만 찾아가면 견딜 만했으며 부채라도 하나 있으면 신선놀음이 따로 없었는데 요즈음엔 습도가 높다 보니 그늘만으로는 여름 나기가 힘들다. 음력 6월, 보름이 엿새나 지나 제법 일그러진 달은 해가 중천에 떴는데도 지지 못하고 있는 걸 보니 간밤에 무슨 일이 있었던 것 같다. 아침에 일어나니 날씨도 어제와 확연히 달라져 선선한 바람에 몸

나보다 키 작은 해바라기

이 반응을 하며 움츠러든다. 높은 하늘에 떠 있는 하얀 구름은 이리저리 그림을 그리며 순식간에 달을 감추어 버렸다. 달이 아직 지지 못한 건 아마 지난밤 떠나가기 싫어하는 여름을 달래느라고 그랬던 것 같은 생각이 들었다. 석류는 날마다 굵어지며 붉어지고 있다. 키 작은 해바라기도 나란히 줄을 맞추고 서서 앙증맞은 꽃을 피우고 있다. 끝없이 높아진 푸른 하늘을 쳐다보고 있자니 꼭 천길만길 푸른 호수에 떨어져 빠질 것 같은 느낌에 얼른 옆에 있는 나무를 꼭 붙잡았다.

인간사

8월 중순 며칠간 내린 비로 부쩍 자란 풀을 오전 내 베고 오후에
는 느긋이 휴식을 취해본다. 밖에선 '찌찌찌찌' 하는 새 소리가 계
속 들린다. 무슨 새 소리가 이러지 하며 확인을 해 보니 덱에 어른
주먹 2개 크기의 새가 '찌찌찌찌' 하며 주황색 큰 입안을 훤히 보이
며 울고 있다. 책과 영상으로만 본 뻐꾸기 새끼가 이소를 하는 과
정이었다. 유심히 관찰해 보았더니 갓난아기 주먹만 한 오목눈이
가 벌레를 물고 와 먹이고 있다. 뻐꾸기 새끼는 먹이를 게 눈 감추
듯 먹고는 곧바로 '찌찌찌찌' 울며 오목눈이를 보채고 있다. 오목
눈이는 벌레를 잡아 나른다고 혼이 쏙 빠질 것 같아 보인다. 저 조
그만 오목눈이가 어떻게 저 큰 덩치의 배를 채울까 싶어 보고 있

자니 내가 다 안절부절못하고 화까지 치밀어 오른다. 먼 산에선 비둘기 울음소리 들리고 감나무 꼭대기엔 파랑새 한 마리가 앉아 이리저리 동향을 살피고 있다. 바람이 일어 흔들흔들 나뭇가지가 하늘을 쓰니 파랑새도 함께 하늘을 쓸며 자리를 뜰 줄 모른다. 가끔 날았다 다시 돌아오는 걸 반복하는 걸 보니 사냥터로 이용하고 있는 것 같았다. 해질 무렵 안개비가 내리는데도 뻐꾸기 새끼는 나뭇가지 위로 자리를 옮기고도 지칠 줄 모르고 '찌찌찌찌' 하며 울어대고 있다. 다음 날 일어나자마자 창문을 열어보니 일찍 일어난 부지런한 새들이 분주하게 움직이고 있다. 어제 파랑새가 앉았던 감나무 가지가 명당인지 아침부터 어치가 자리를 차지하고 있다. 더 이상 '찌찌찌찌' 하는 뻐꾸기 울음소리는 들리지 않았다. 생각해보면 오목눈이처럼 인간사도 그게 아닌데 그렇게 철석같이 믿고 저렇게 속으며 살아가고 있지 않나 하는 생각이 번쩍 들었다.

Ahopsan Garden

여름의 향기

Ahopsan Garden

PART 3.

가을

가을은 상사화와 함께

무승부

9월에 접어드니 정원 풍경은 확연히 달라지고 있다. 나뭇잎은 여기저기 붉고 노란 단풍이 물들기 시작하고 열매도 여물어 가고 있다. 수천 마리의 하얀 나비가 되어 앉았던 산딸나무도 지난 여름의 흔적인지 나비가 앉았던 자리마다 빨간 열매를 달고 있다. 풀밭에서는 풀벌레 소리가 쉼 없이 들려오는데 어디선가 알 듯 말 듯한 향기가 바람결에 실려 오고 있다. 그래 이맘때쯤이면 금목서가 필 때니 남편은 그 향기라고 한다. 금목서는 흐드러지게 피어 있을 때보다 막 한두 꽃잎이 열릴 때의 향기가 달콤하고 강하게 난다. 난 달콤한 향이 아니니 아마 지금 군락을 이루고 피어 있는 옥잠화향일 거라 주장을 해 봤다. 그렇게 며칠이 지나고 오늘 확

인차 금목서 나무에서 아무리 꽃을 찾아도 보이지 않으니 옥잠화
향기로 결론을 내고 내가 한판승을 했다고 생각했다. 잠자리에 누
워서도 은은한 향을 즐겨본다. 그런데 오늘 아침 옥잠화향이 아니
란 걸 눈치챘다. 일어나 방문을 여는 순간 향기가 거실에 가득했
다. 며칠 전 텃밭정원에서 하얗게 피기 시작한 부추꽃을 한 묶음
꺾어 꽃병에 꽂아 둔 곳에서 나는 것이었다. 피어날 때 향기가 진
동하는 금목서과 달리 부추꽃은 만개 시 강한 향기를 내뿜는 모양
이었다. 부추꽃이 아름답기도 하지만 이렇게 향기롭다는 것도 이
가을에야 알게 되었다.

가을 햇살 받은 이삭여뀌

묵혀둔 논과 도랑에는 고마리와 미꾸리낚시가 무리지
어 피어 지나가는 모든 이의 발걸음을 멈추게 하고 있다.
저렇게 잔잔한 꽃무늬 원피스를 입고 싶다는 충동을 느끼
며 내 모습을 보니 이미 작은 꽃무늬 원피스를 입고 있었
다. 집 가까운 곳 여기저기에는 줄기나 가지 끝에 수많은

풀밭

작은 꽃이 촘촘히 모여 핀 개여뀌가 피어 있다. 곁엔 긴 줄기에 이
삭모양으로 자잘한 붉은색 꽃이 성기게 달려 무리 지어 피어 있는
이삭여뀌도 가을비에 물방울을 대롱대롱 매달고는 높은 가을하늘
을 담고 있다.

음지에 자리한 이끼

과학은 끊임없이 발전하여 우리 생활을 바꿔가고 있다. 최신 과학으로 장기 이식뿐만 아니라 외형적 신체와 뇌의 신경계까지 연결시켜 생각만으로 외골격을 움직일 수 있는 기술이 이루어지고 있다. 그

것도 현생 인류보다도 수십 배의 능력을 갖춘 소위 인간의 사이보
그화가 이루어지고 있다. 혹자는 사이보그화를 걱정하고 있지만
따지고 보면 인간은 호미나 창과 같은 도구를 사용하기 시작한 순
간부터 이미 사이보그화가 되었다고 할 수 있다. 다만 단순 도구

는 우리가 원하는 순간에 내 몸에서 즉시 분리할 수 있지만 사이보그화된 인간은 그렇지 못하다는 구별이 있을 뿐이다. 문화에 따라 과학이 발전하는지 과학에 따라 문화가 변하는지 모르지만 과학기술은 이제 단순 노동 분야만이 아니고 의학은 물론 문학이나 예술적 분야까지 발을 넓이고 있다. AI를 이용한 신춘문예 작품의 출품이나 음악의 작곡과 연주 그리고 렘브란트의 신작뿐만 아니고 'AI 화가'전까지 열려 AI 피카소를 탄생시키고 있다. 인간은 생존하기 위해 주어진 환경에서 최적의 상태로 끊임없이 진화하려고 한다. 찰스 다윈이 이런 오늘날의 진화를 보고 있다면 어떻게 생각 할까 궁금하다. 더욱 놀라운 것은 유전공학을 이용해 인공지능을 인체 DNA에 넣을 수 있는 기술을 우리 과학자들은 개발 중이라니 인간의 정의를 어떻게 해야 할 것인가? 이는 철학자가 자주 직면하는 '테세우스의 배'에 비유되지 않을까? 즉 고장 난 배의 수리를 위해 배의 부품을 하나둘 바꾸기 시작하여 배의 부품을 거의 모두, 그것도 성능이 처음보다 우수한 부품으로 교환했다고 할 때 그 배를 처음의 테세우스의 배와 같다고 할 수 있겠는가? 무엇을 갖고 같은 것이라고 하겠는가? 몸도 두뇌도 현생 인류와 다른 사이보그화된 인간을 인간이라 하겠는가? 그러면 인간을 인간답게 한 심성은 어떻게 될까? 뇌가 있으니 심성은 그대로 있다고 보겠는가? 심성이 뇌보다도 장기에 있다고 주장하는 학자들도 있다. 한 걸음 더 나아가 뇌마저 다른 사람의 뇌나 AI 뇌로 교환된다면 과연 인간이라고 하겠는가? 정원도 마찬가지이다. 해가 바뀔 때마다 죽은 나무는 잘라내고 새로운 나무를 심기도 하고 초화식물은 자리를 옮겨 가기도 하고 죽어서 새로운 수종을 심기도 하여 정원의 모습이 해마다 조금씩 달라져 오랜 세월이 지나면 옛 모습과는 전혀 다른데도 아홉산 정원이라고 해도 좋겠는가? 이제 인간은 자연적인 존재에서 벗어났다고 볼 수 있으나 심성만은 그대로 있기를 바랄 뿐이다. '테세우스의 배'인가 아닌가는 숙제로 남기고 정원은 내가 있기에 아홉산 정원이고 인간은 심성이 있기에 인간이기를 바랄 뿐이다. 만약 심성마저 바뀌어 버려 아름다운 자연에서 아무 영감을 얻지 못하는 인간은 완전 기계가 되지 않을까 하는 쓸데없는 걱정도 해본다. 과학의 발달은 인간의 착한 심성이 길러질 수 있는 자연에 바탕을 두어야 할 것이며 정원은 그 역할의 일부를 담당할 것이다.

금목서 꽃향기에 취한 물고기

소박한 층꽃나무와 백일홍이 있어 충만한 정원

하얀 산딸나무는 빨간 열매를 남기고

고양이 죽음

조금 전부터 바깥 동태가 좀 이상하다고 느껴졌으나 뭐 바람에 낙엽 굴러가는 소리겠지 하면서 무시하고 있었으나 왠지 신경이 쓰였다. 초저녁이라 초승달도 조금 고개를 내밀고 뭔가 얘기하고 싶어 하는 듯하고 실루엣으로 보이는 먼 산도 말없이 지켜보고 있었다. 책을 읽고 있어도 마음은 바깥에 나가 있어 읽고 또 읽어도 뭘 읽었는지 통 머리에 들어오지 않아 밖으로 나가보았다. 현관 앞에 태어난 지 얼마 안 된 까만 들고양이 한 마리가 잠자리를 찾아 헤매며 내는 소리였다. 어미는 어디 갔나 싶어 장화로 바람막이를 해주고 들어와 앞산을 마주하고 차 한 잔을 마시면서 저 어린 것을 두고 어미는 죽었나 하는 생각이 들어 마음이 짠하였다.

구름은 속절없이 흐른다

아침에 일어나 보니 고양이가 보이지 않았는데 오후에 양지 바른
담장 밑에서 거의 죽어가고 있었다. 우유라도 먹일까 싶어 가지러
갔다 오는 짧은 시간 사이 새끼는 이미 죽어 있었다. 간밤에는 보
이지 않던 어미 고양이는 쥐를 한 마리 잡아 죽은 새끼 곁에 두었
었다. 내가 다가가니 뒤를 돌아보며 부탁한다는 눈빛을 보이며 천
천히 담 모퉁이로 사라졌다. 죽은 새끼고양이와 쥐를 보고 있자니
왠지 가슴이 먹먹해져서 하늘을 쳐다보니 구름은 속절없이 흐르
기만 했다. 카프카는 삶이 아름다운 것은 언젠가 끝나기 때문이라
고 했던가.

정원도 집과 함께할 때

피고 지는 고구마 꽃

고구마 꽃이
피었습니다

　세상을 얼어붙게 하는 매서운 겨울 날씨에 꽁꽁 얼어붙은 몸과 마음이지만 사랑하는 사람들과 함께 따뜻한 페치카 옆에서 군고구마와 차를 함께하며 이야기를 나누다 보면 추위는 눈 녹듯이 사라져 버린다. 또 고구마는 우리 집 겨울 건강식이므로 아침 식사에 빠지지 않는 메뉴이다. 그래서 양파 수확이 끝나면 가을에 수확의 기쁨을 기대하고 고구마 순을 심는다. 올해도 6월이 시작되자마자 자색, 호박, 타박 고구마를 골고루 심었다. 그런데 올 장마는 이름뿐인 마른 장마였고 작년 겨울부터 봄, 여름 내내 비가 내리지 않았다. 고구마 순을 활착을 시키느라 무척이나 고생을 하였지만 워낙 가물고 날이 더워 거의 다 말라 죽어버려서 7월에 접어들어 2차 심기를 하고 또 7월 말경에 3차로 심기까지 하였다. 고구마 모종 값도 값이거니와 여름날 심고 가꾸는 고생은 말로 표현하기가 어려울 지경이다. 고라니와 토끼에 대비하여 그물망을 치느라고 작업복을 땀으로 매일 적시는 여름날이었다. 이제 고구마도 뿌리를 내리고 잎도 제법 잘 자라 고구마를 보고 있으면 고생한 보람이 있구나 싶어 좋아

했다. 그러나 울타리를 쳐두었는데도 누군가가 잎을 뜯어 먹기 시작했다. 도무지 누구의 짓인지 몰라서 의아해하며 그물 손질을 하고 또 손질을 하러 아침에 일어나면 텃밭으로 먼저 나가보는 일상이 되었다. 잠자리에 누워 창을 통해 매일 일어나기 전 하늘의 동향을 살핀다. 얼마 전에는 요즘 쉽게 볼 수 없는 제비들이 남쪽나라 고향으로 돌아갈 때가 되었는지 떼 지어 날더니만 오늘은 태풍이 올 때처럼 구름이 동북쪽에서 남서를 향해 움직이고 있다. 이럴 때가 아니다 싶어 벌떡 일어나 밭으로 나갔다. 역시 예상대로 고라니가 들어와 고구마 잎을 먹다가 인기척에 놀라 1m 20cm나 되는 그물을 허들 선수처럼 훌쩍 뛰어넘어 산으로 달아났다. 원인을 알았으니 이에 대비하여 남편은 그물을 이중으로 이어 붙여 높이 치는 수고를 하면서 고구마 한번 먹어 보겠다고 이 고생이냐 하면서 불평을 늘어놓았다. 그런데도 고라니는 어디로 들어오는지 여전히 그물망 안으로 들어와 이제는 잎뿐만이 아니고 뿌리까지 뽑아버리니 고구마는 살아 있기도 힘에 겨운데 잎도 없는 줄기에 연한 보랏빛을 띤 꽃을 피우고 있었다. 아마 개체보존은 포기하고 종족보존을 택했는지 자손을 남기기 위하여 메꽃같이 생긴 고구마 꽃을 여기저기 피운 모습이 안쓰럽기까지 했다. 그런데 오늘은 고구마 꽃까지 거의 다 뜯어먹고 두 송이만 외롭게 남겨두었다. 그물은 2m가량으로 높이고 땅 쪽은 굵은 돌멩이로 촘촘히 고정을 시켜 두었는데도 잎을 뜯어 먹으니 정말 귀신이 곡할 노릇이다. 가을무도 사람이 솎을 때보다 잘 솎아 둔 걸 보니 나보다 실력이 좋은 것 같아 웃음까지 났다. 결국 올해 고구마 농사는 고생만 실컷 하고 고라니 좋은 일만 하였다. 고라니는 식성이 좋아 향기가 강한 토마토, 가지, 들깨, 파와 같은 작물을 제외하고는 무엇이든지 먹어 버린다. 요즈음에는 고구마 잎을 주식으로 삼고 무, 배추, 상추, 비트, 봄동을 부식으로 삼고 고춧잎은 양념으로 그리고 찻잎은 후식으로 먹으니 초보농부 약 올리기 안성맞춤이다. 올해는 아예 고구마 농사는 포기하고 무와 봄동, 겨울초, 비트, 쑥갓이라도 고라니로부터 지켜 볼 양으로 비닐 온상이 아닌 그물망 온상을 만들고는 공격과 수비 어느 쪽이 잘하는지 두고 볼 셈이다. 자연의 섭리는 오묘하여 가뭄이 들어 농작물은 흉작이 되어도 사람이 살아갈 수 있도록 산의 나무들은 수정이 잘 되어 열매가 많이 달린다고 한다. 5월에 꽃을 피우는 집 뒤 참나무는 봄 가뭄 덕분에 수정이 잘 이루어졌는지 벌써 도토리가 바람에 하나둘 떨어져 지붕에서 도르르 구르는 소리를 내면서 가을이 깊어짐을 알리고 있다. 고라니는 오늘도 우리 고구마 밭에서 고구마 잎을 즐기고 있다. 봄부터 여름내 고생한 보람도 없이 황폐해진 고구마 밭을 보니 허탈한 마음 감출 수는 없지만 고생만 한다고 다 얻어지는 것이 아니라는 세상 이치를 새삼스럽게 깨닫게 되었다. 앞 들녘에는 봄여름 가뭄에도 잘 버텨준 벼가 어느새 누렇게 익어 바람에 흔들리고 있다.

공자님 말씀

　정원을 가꾸다 보면 본의 아니게 공자님의 말씀을 실천하며 살
게 된다. 첫째 말을 많이 하지 마라 하니 할 일이 많아 인간관계가
적고 또 평소에도 말을 하는 것보다는 듣는 것을 좋아하는 편이니
자연히 말을 적게 하게 된다. 둘째 음식을 적게 먹으라 하는 건 용
량이 적고 게다가 요리 솜씨마저 없으니 자연스럽게 실천하게 된
다. 셋째는 쓸데없이 돌아다니지 말라는 것도 일을 하다 보면 일
하기도 시간이 부족하니 돌아다니기 어렵다. 넷째 잠을 적게 자라
는 것은 젊은 날엔 잠이 많아 불가능한 일이었다. 지금은 불면증
이라기보다는 우리 선조들이 안전을 위하여 불침번을 서야 했기
때문에 청장년은 늦게 자고 늦게 일어났으며 반대로 노인은 일찍

자고 일찍 일어나야 하는 진화의 흔적으로 아침에는 일찍 일어난다. 저녁에는 몸이 여기저기 아파서 일찍 잠을 못 이루니 본의 아니게 잠을 적게 잘 수밖에 없다. 마지막으로 책을 많이 보지 마라 지식의 노예가 된다고 했다. 많이 아는 것보다 한 가지라도 선행을 하라고 했다. 아무래도 정원 일로 눈과 비 오는 날이 아니면 책 읽을 시간이 적다. 주경야독이라고 하나 밤에는 밝은 불빛과 돋보기 안경도 필요로 하니 많이 읽을 수가 없다. 내 영혼에 에너지를 주는 작업이 정원 가꾸기라고 한다면 독서는 내 마음속의 정원을 가꾸는 작업이라고 할 수 있으니 공자님 말씀대로 많이 보지 않고 정말 조금씩만 읽고 있다. 그리고 선행은 삶의 화두로 삼고 무던히 노력하며 살아가고 있다.

담장 너머도 가을이

봉숭아 꽃물이 꽃과 함께 아직도

여름의 추억

한여름에 곱게 봉숭아 꽃 물들여 보름달 같았던 내 손톱은 어느새 반달이 되었다. 손톱을 깎을 때마다 조금씩 작아지는 모습을 아쉬워하며 첫사랑과 무관하게 첫눈이 올 때까지 남아 있으면 좋겠다는 염원을 담아본다. 지난번 텃밭 정원에 나가 보니 여름에 씨가 떨어져 제법 잘 자란 봉숭아를 보고 밤 기온이 떨어져 꽃을 피울까 조금 걱정했었는데 오늘 보란 듯이 예쁜 꽃들이 무더기로 피었다. 얼마나 반가웠는지 오늘 밤엔 물들이지 못한 다섯 손가락에 여름 끝자락의 추억을 담아 볼 것이다.

단풍나무

　새순이 날 때부터 붉게 물든 단풍나무는 봄에도 가을 단풍을 보는 것 같아 즐겁다. 여름에 접어들면 붉은 잎은 푸른 옷으로 갈아 입고 또 가을이 되면 노란 옷으로 바꿔 입는다. 10월에 접어드니 푸른색은 조금 퇴색되어 있어도 단풍나무의 의젓함을 잃지 않고 정원을 묵묵히 지키고 있다. 우리는 자연과 함께할 때 건강한 삶을 영위할 수 있다는데 그 이유를 하나 들어보자. 단풍나무 한 그루가 한 계절 동안 뿜어내는 물의 양이 자기 몸무게의 455배나 된다니 큰 나무의 경우 200톤 가까이나 배출하여 쾌적한 환경을 만들어 준다고 한다. 또 식물의 삶은 동물에 비해 에너지 소모가 적어 경제적인 기능체계를 갖추고 있기 때문에 동물과 비유할 수 없을 정도로 장수하여 천 살이 넘는 나무도 흔히 있다. 스웨덴에서는 2008년도에 9550살 된 독일가문비나무가 살아 있다는 것이 확인되었고 일본 남부 야쿠시마섬에 자라는 조몽 삼나무도 7200살이 되었다고 한다. 한편 단풍나무는 수액이 달고 영양분이 많아서 나무 밑동 쪽에 천적들이 구멍을 파 알을 낳아 그 애벌레들이 나무를 갉아 먹어 나무 속이 텅 비게 된다. 다행히 나무는 수관부가 나무껍질 바로 안쪽 주변부에 있기 때문에 쉽사리 죽지는 않는다. 그러나 어린 단풍나무는 목질이 약하기에 조그마한 구멍만 나도 쉽게 죽는다. 가을이 깊어지면 나뭇잎은 노란 옷으로 갈아입고는 기온이 더 내려감에 따라 단풍잎 색깔도 점점 옅어지면서 마침내 가지에서 하나둘씩 떨어져 나간다. 잎이 떨어진 자리에는 물이 침투하지 못하게 코르크질의 막인 세포층떨켜을 형성해 두는 것을 잊지 않는다. 이와 달리 잎이 좀 큰 산단풍나무는 겨울이 지나 봄이 올 때까지 빠짝 말라 쭈그러든 잎으로 가지에 매달려 안간힘을 쓰는 것을 보고 노자의 『도덕경』 제9장에 '자기의 할 일이 끝나면 미련 없이 물러나라. 그것이 하늘의 도道라는 세상의 보편적인 법칙이다공성명축신퇴功成名遂身退 천지도야天之道也'라는 말과 달리 박수 칠 때 떠날 줄 모르는 우리 인간들 같다는 오해를 간혹 하는 사람들이 있다. 그러나 사실 이것은 떨켜를 만들지 못하기 때문에 봄이 올 때까지 빠짝 마른 잎이지만 가지 끝에 붙어서 어린 눈을 추위로부터 보호하기 위한 것으로, 따뜻한 봄이 되어 새순이 나면 그제야 제 역할을 마치고 미련 없이 떨어져 나간다. 이는 자식들을 위해 모든 것을 희생하는 우리의 연로하신 부모님들과 비슷하다는 생각이 들어 측은함을 금할 수 없다. 이와 같은 나무를 흔히들 모성애가 강한 나무라고 하며 참나무 종류와 감태나무 등이 여기에 속한다. 식물도 마지막까지 자기 할 일을 마무리하고 미련 없이 떠나는 모습에 나 자신을 되돌아보게 한다.

봄에는 붉게, 여름엔 푸르게. 그리고 가을은 노랗게

행복 키우기

농산물도 생산량만을 목적으로 한다면 용도에 따라 유전자가 조작된 씨앗을 자연광과 통기가 제한된 비닐하우스 속에서 화학비료를 듬뿍 주고 키우면 될 것이다. 잡초는 제초제로 제거하고 병충해는 농약으로 해결하면 될 것이다. 그러나 건강한 먹거리와는 거리가 멀다. 건강한 농작물을 수확하려면 무엇보다도 그 토대가 되는 땅을 건강하게 만들어야 한다. 작물도 퇴비를 충분히 줘야 하고 씨를 뿌리고도 때맞춰 행복 씨앗인 물도 주고, 벌레도 잡고 풀도 뽑아주며 지극한 관심을 기울여야 좋은 결실을 얻을 수 있다. 씨만 뿌리고 행복씨앗으로 가꾸는 노력을 하지 않으면 거두어 들일 것이 없는 걸 보면 이 작은 텃밭에서도 인생철학을 읽

을 수 있다. 톨스토이가 『안나카레니나』에서 "행복한 가정은 모두 엇비슷하고 불행한 가정은 이유가 제각각 다르다"라고 한 것과 같은 것 같다. 행복한 가정은 때맞춰 행복씨앗인 사랑과 배려, 의무와 책임을 다해 행복을 키웠다. 그렇지 않은 가정은 이 행복 씨앗들을 고루 가꾸지 않았기 때문에 다양한 문제가 생기지 않을까 싶다. 행복은 제대로 주고받으면 커지는 것이 눈사람 눈 뭉치기와 같아 좋은 눈 위에서 굴리면 굴릴수록 눈사람이 커지듯이 행복도 커질 것이다.

좀뒤영벌

　늦여름부터 피기 시작한 용담이 가을 하늘색보다 더 쪽빛 꽃을 피우고 있다. 주둥이가 발달한 좀뒤영벌이 윙윙거리며 꽃 위를 날고 있다. 해가 지면 꽃봉오리를 닫기에 일찌감치 마음에 드는 집을 찾는 것이다. 단독 생활을 하는 고독한 좀뒤영벌은 용담 꽃 깊이랑 키가 꼭 맞아 꽃 속에서 잠을 잔다. 힘들게 집을 짓지 않고도 향기롭고 꿀이 있는 꽃 속에서 잠을 자니 아마 꿈을 꾼다면 달콤한 보라색 꿈이 아닐까 하는 생각이 들었다. 꽃은 잠자리를 제공해 주고 벌은 꽃가루를 묻혀 날이 밝으면 다른 꽃으로 날아가 수정을 도와주니 고마운 손님이다. 자연의 섭리가 참 기기묘묘하다고 생각된다. 창밖에서 갑자기 후두둑 비 떨어지는 소리가 들린다. 초저녁에 좀뒤영벌이 용담 꽃 속에 들어갈 때만 해도 하늘은 맑았는데 비가 내리는 걸 보니 하늘이 벌과 꽃들의 밀회를 시새움하는 것 같았다. 이 비가 밤새 멎지 않으면 벌과 꽃이 쉽게 잠을 이루지 못하지 않을까 하는 친정어머니 같은 쓸데없는 생각을 해본다.

쪽빛보다 더 푸른 용담 꽃

답이 뭘까?

영상으로 멕시코의 한 늙은 원주민의 일상을 보고 인간의 순수함이란 이런 것인가 하는 생각을 해보았다. 키우던 염소가 죽자 염소의 명복을 빌기 위해 메마른 산 중턱에서 방울을 흔들며 4m 정도 짧은 거리를 왕복하며 10시간째 의식을 행하고 있는 모습은 가슴이 찡하고 눈에는 눈물마저 고이게 했다. 멀리 우주에서 우리 지구를 보면 맑은 푸른색으로 보이는데 이는 지구가 물이 존재하는 행성이기 때문이다. 허나 나는 그것보다도 이런 순수함을 간직한 인간이 살고 있기 때문이 아닌가 하는 생각이 들었다. 그러나 바쁘게 살아가는 우리 현대 도시인들은 감히 이 맑은 영혼을 이해할 수 있을까. 아니 어리석다고 비웃지나 않을까? 시청하는 내

내 갈라진 나무 등껍질 같은 발이 마음에 쓰였다. 그 의식이 언제 끝날지 모르지만 우리가 사는 세상과는 사뭇 다른 시간대에 살고 있는 것 같았다. 처음 시골 생활을 할 땐 계획된 그날 할 일은 그날 끝내지 않으면 직성이 풀리지 않으므로 어두워 앞이 보이지 않을 때까지 일을 하기가 다반사였다. 그러나 이곳에서 생활하다 보니 꽃과 나무에서도 배우고 햇볕과 바람에게서도 배워 한결 자연을 닮아가고 있다. 요즈음엔 오늘 못 하면 내일 하고 올해 못 하면 내년에 잘 하면 되지 하면서 한결 느긋해졌다. 시간에 쫓기기보다 즐기려고 노력하고 있다. 아등바등 살아도 그게 그것 아닌가 하는 생각이 들다가도 현재에 만족하고 도전에 안이하게 대처할 때 문명은 쇠퇴한다는 토인비의 경고가 섬광처럼 떠올랐다.

사과

　사과나무 4그루 중 애기사과 2그루는 관상용으로 꽃과 열매를 즐기면 된다. 그러나 큰 사과나무는 열매를 수확해야 하므로 퇴비도 듬뿍 주고 전지도 때맞추어 하고 꽃과 열매 솎기도 하며 정성을 들이고 있다. 화학 비료나 농약을 전혀 사용하지 않으니 겨우 매달린 열매가 그마저도 심하게 얼룩져 있다. 7년이나 걸린 기적의 사과는 아닐지라도 다 익을 때까지 붙어만 있으면 좋겠다는 생각에 하루에 몇 차례나 둘러본다. 사과는 인류에 많은 영향을 끼쳤다. 세계 3대 사과로는 아담과 이브의 사과와 뉴턴의 만유인력의 사과 그리고 폴 세잔의 사과를 꼽고 있는데 현재 21C에서는 애플의 혁신 사과를 첨가해 세계 4대 사과가 되었다. 혁신의 문명에 사람들은 열광하며 삶을 풍요롭게 한다고 한다. 그러나 난 대화를 단절시키고 온 지구인을 목 디스크 환자로 만들어 버린 그 풍요로운 삶이 어지럽기만 하다. 그것보다도 난 올해는 꼭 직접 기른 사과 맛을 보고 싶으며 앞으로 세계 5대 사과는 어떤 혁신으로 우리 곁에 다가올까 사뭇 기대된다.

애기사과 맛이
궁금하여

삶이란

　장자는 생명의 본질은 자유라고 했다. 어떤 욕망에 이끌려 노예 같은 삶을 살 수도 있고 욕망을 버리면 더 자유롭고 고통과 위험이 없어지는 삶을 살 수도 있다고 했다. 그러나 세상은 우리를 그대로 놓아두질 않을 뿐 아니라 돈과 명예를 버려도 또 다른 욕망이 끊임없이 생겨나니 결국 고통에 시달리다 죽음에 이르게 된다. 이 또한 깊은 통찰을 갖고 있으면 해결된다고 했지만 쉽지만은 않다. 어차피 불가함이 진실이니 어떻게 받아들이고 살아야 할 것인가에 따라 삶의 질이 달라질 것이다. 우리는 '어디서 왔다가 어디로 가는가? 생종하처래生從何處來 사향하처거死向何處去'라는 인생에 대한 근원적인 질문에 나옹 혜근선사는 '삶은 한 조각 뜬 구름 일어남이

삶이란 곧은 대나무와 연약한 맥문동이 함께

오, 죽음은 한 조각 뜬 구름 스러짐 생야일편부운기生也一片浮雲起 사야일편
부운멸死也一片浮雲滅'이라고 해답을 알려주었다. 인연 따라 기氣가 모여
어떤 형태를 이루었다가 인연이 다하면 흩어져 사라짐이 자연의
순환이며 순리인 이 엄연한 현실을 받아들이기가 쉽지만은 않다.
그러나 정원을 가꾸면서 생과 사, 집착과 아집, 이타와 자타 등의
고통에서 벗어나려고 노력하고 있다. 식물 또한 아무리 관리를 잘
해도 인연이 다하여 죽을 때가 되면 죽으며 죽음 또한 진화의 일
부분이다. 모든 순간이 삶이고 죽음이니 좋은 삶이란 이 둘의 경
지를 지울 때 비로소 얻어지는 것이 아닐까?

남편은 거문고를 즐겨 연주한다. 오늘도 서재에
보이지 않아 궁금했었는데 느닷없이 아홉산 정원에
서 거문고 소리가 들려왔다. 나가 보니 오동나무 아
래 수북이 쌓인 낙엽 위에 앉아 눈을 지그시 감고

감고탈제

감고탈제

'영상회상'을 연주하고 있었다. 거문고는 한국 전통 현악기의 하나
로 한자로는 현금玄琴이라고 표기하며 늦어도 5C 이전에 고구려에
서 발생한 한국 고유의 대표적인 현악기 중의 하나이다. 삼국사기
악지에 의하면 진나라에서 고구려에 보내온 칠현금七絃琴을 제2의

재상으로 있던 왕산악이 개량하여 만든 것으로 악곡 백여 곡을 지어 연주하니 검은 학이 날아들어 춤을 추었으므로 현학금玄鶴琴이라고 하였는데 뒤에 학鶴자는 떼어버리고 현금이라 하였다고 기록되어 있다. 그 뒤 거문고는 고구려의 나라 이름인 감(곰, 검)+고의 합성어인 검은고에서 거문고로 변음된 것으로 보인다. 거문고는 밤나무로 몸통, 오동나무로 상판을 상자식으로 짜서 공명통을 만들고 그 위에 비단실 또는 무명실을 꼬아서 만든 줄 여섯 개를 매고, 위의 한 줄과 아래 세 줄은 개방현으로 가운데의 두 줄 밑에는 16개의 괘를 받치고 있는 악기이다. 또 거문고는 연필 굵기의 오죽 등으로 만들어진 술대로 현을 내려치거나 뜯어서 소리를 내는 발현악기이다. 이와 달리 활로써 현을 마찰시켜 소리를 내는 찰현악기로는 바이올린, 얼후, 해금 등이 있다. 역사를 통하여 가장 정교하고 풍부한 감정 표현과 다양한 음색을 가진 명품의 대명사인 '스트라디바리우스 바이올린'의 비밀이 나무의 재질에 있었던 것으로 밝혀졌다. 즉 유럽에서 1400년대 중반부터 1800년대 중반까지 지속된 소빙하기가 나무의 성장을 지연시켜 알프스 가문비나무들의 나이테가 좁아져 단단해지고 큰 밀도를 갖게 되었다. 그것에 더하여 안토니오 스트라디바리Antonio Stradivari와 같은 평범하지 않은 악기 제작자가 있어 명품을 낳게 되었다.

지금 우리 국악기의 사정은 매우 어렵다. 기후 온난화와 경제성 때문에 악기가 제작될 만한 나무는 거의 남아 있지 않을 뿐만 아니라 값싼 중국제품까지 밀려오고 있고 또 우수한 악기 제작 장인들도 점점 사라져 명품을 기대하기는 어렵다. 특히 거문고는 고려, 조선조를 통하여 선비들 사이에서 크게 이름을 떨친 대표적인 악기로서 책상 위에 거문고 비껴놓고 손때 묻은 일권가보-琴歌譜로써 장식함은 그 운치도 운치려니와 낙빈안도, 학문 닦는 선비의 다시없는 자랑이요, 덕을 기르는 상징이기도 했다. 또 거문고의 금琴자는 멈춤을 의미하는 금禁자와 발음이 같아 항상 거문고를 보면서 자기반성을 하였다고 한다. 바람에 낙엽이 우수수 날리는 가을날 아홉산 정원에서 남편은 처음과 마찬가지로 자세를 조금도 흐트리지 않고 '영상회상' 한바탕을 끝내고는 내 신청곡 만파정식지곡萬波停息之曲도 연주해 주었다. 거문고 소리가 울려 퍼지는 아홉산 정원에는 옛말처럼 검은 학이 날아와 춤을 추지는 않았지만 연주곡목 그대로 온갖 걱정과 근심으로 가득 찬 세속의 번뇌가 사라지고 있는 것 같았다.

삶의 흔적

올해는 기후가 좋아 감을 제법 많이 수확하였다. 높이 달려 따기 힘든 감은 여느 해와 마찬가지로 까치밥으로 남겨 두었는데 맑은 가을 하늘에 대비되어 더욱 붉게 보인다. 가을도 제법 깊어졌는데도 감나무 밑의 수국은 장마 때 핀 꽃을 아직도 매달고 있다. 그 아름답던 꽃도 늙으니 싱싱함을 잃고

삶의 흔적

내 손등에 핀 저승꽃과 같이 얼룩져 또 다른 표정을 담고 있으나
그 모습 또한 참으로 아름답게 보인다. 젊은 날과 달리 이젠 혼자
능력으로 하기에는 힘든 정원과 밭을 가꾸다 보니 삶의 흔적이 내
손등에 고스란히 드러나 있다. 한 번도 이 흔적이 부끄러운 적은
없었으나 오늘 수국을 보고 있자니 열심히 일한 모습이 담긴 손이
누가 뭐라 하든 무척 아름답고 멋져 보였다.

아홉산 정원 - 가을

가을의 기준

우리나라 표준지정목에서 꽃이 3송이 피면 개화라 하고 8송이가 피면 만개라 부르듯이 아홉산 정원에서도 가을의 기준이 있다. 언젠가부터 새벽 잠자리에서 남편의 마른기침 소리가 들리면 가을이 시작되고 국화와 털머위도 이 소리를 듣고 나서야 꽃을 피우기 시작한다. 완연한 가을은 정원과 텃밭을 둘러보고 옷섶에 풀씨가 얼마나 붙었는지를 보고 결정한다. 풀씨가 3종류 이상 붙지 않으면 완연한 가을이라 하지 않는다. 오늘은 쇠무릎과 고마리, 가시역귀 그리고 달뿌리풀이 원피스 자락에 붙어 내 침실까지 따라 들어왔다. 하나하나 떼어내어 내 필통에 담아둔다. 먼저 들어온 바짝 마른 강아지풀과 원줄기가 네모진 도깨비바늘이 새 가족을 반긴다. 씨 중엔 짚신나물과 털진득찰이 붙어오면 끈적거려 떼어내기도 어려워 그 주위를 피해 가나 언제 붙었는지 딱 붙어 좀처럼 떨어지지 않아 난 일부러 멀리 피해 다닌다. 약용식물가가 남미에 암 특효약이 있다는 소식에 그 먼 곳을 시간과 돈을 투자해 찾아 갔더니 우리 농가 주변에서 흔히 볼 수 있는 짚신나물이었다

곧 씨앗이 생길 쑥부쟁이

는 사실에 허탈했다는 책을 읽었다. 나도 허탈한 웃음을 웃고는
여기저기 흩어져 있는 짚신나물을 한곳에 모아 밭을 만들었다. 노
란 꽃도 예쁘고 오랫동안 피기 때문에 사랑을 받아왔으나 결국 끈
적이는 씨앗 때문에 지금은 산책길에서 멀리 떨어진 곳에 아주 조
금만 재배하고 있다. 동물이 씨앗을 나르는 거리를 개미는 1m, 버
빗 원숭이는 85m, 아프리카 코끼리는 65km라고 하나 비행기 등
의 이동 수단 때문에 이제는 아프리카 코끼리가 문제 아니고 우리
인간이 범세계적으로 각종 외래종의 씨앗과 해충을 운반하고 있
다. 그리고 달력과는 무관하게 내 필통에 더 이상 채울 풀씨가 없
을 때를 아홉산 정원에서는 가을이 끝났다고 한다.

가을 정원의 정적을 즐기는 벤치

인류의 정원 논

하루가 다르게 일상이 바뀌어 가고 있다. 이제 4차 산업 혁명은 미래가 아니라 현재이다. 1784년 증기기관 발명으로 컨베이어 벨트를 이용한 기계식 대량생산이 도입되었으며 디지털혁명을 거쳐 현재는 컴퓨터와 결합된 기계에 인공지능을 더해가며 기계가 인간을 초월하고 있다. 옛날엔 인간이 기계를 지배했지만 지금은 새로운 직업이 하나 창출되면 10개의 일자리가 사라진다니 기대보다 우려가 더 크다. 이젠 3D프린터로 자동차도 생산하고 운전을 직접 하지 않아도 된다니 앞으로 고령사회에서는 고마운 일이긴 하나 앞으로의 일을 상상만 해도 놀랍다. 아무리 4차 산업혁명을 넘어 5차 산업의 혁명이 온다 해도 우리 삶의 근본인 1차 산업이 중요하다는 것은 아무도 부정하지 못할 것이다. 그중에서도 특히 인공지능을 갖춘 농업은 기후변화에 대응할 뿐만 아니라 노동의 강도를 줄이고 대량 생산을 가능하게 할 것이다. 숲과 식물을 가꿔 녹색 공간을 많이 만들수록 생존 전략에 유리하다는 것은 두말할 필요가 없다. 우리는 자연과 공존하며 자연의 법칙에 따라 살아가는 것이 조화로운 삶이다. 그러나 무차별적 개발과 FTA 등의

국제정세에 의해 논들이 점점 사라지고 있다. 인간이 만들어 낸 오래된 최고의 구조물 중의 하나인 논은 인류의 정원 역할을 할 뿐 아니라 저수지 역할까지도 하여 홍수나 가뭄 피해를 줄여 주고 있다. 봄에는 물 찬 논에서 모를 심고 가을날에는 황금 물결치는 논이 점점 사라지고 있는 것이 안타까울 따름이다.

논에 무성하게 자리한 고마리

미래를 향해

고대 그리스 철학에는 메타노이아라는 개념이 있다. 메타는 넘는다는 뜻이고 노이아는 생각을 말한다. 즉 나 자신의 무지와 오만으로 만들어진 생각을 스스로 넘어야 한다는 의미다. 생각을 뛰어넘어 머물지 말고 도전해야 한다는 것을 항상 가슴에 품고 살아가고 있다. 내가 생각한 답이 절대적 답이 아닐 수도 있으니 우리가 배우고 익힌 틀 안에서만 답을 찾지 말고 낯선 곳으로 눈을 돌려 보면 어떨지. 그것이 여행이 됐든 독서가 됐든 좋을 것이다. 난 정원 가꾸기를 통해 생각을 뛰어넘으려고 무던히 노력하고 있다. 아인슈타인은 온전한 생각만으로도 우주의 수수께끼를 풀지 않았던가.

장독 위에 떨어진 금목서 꽃잎

맨드라미 꽃밭에서

트럭가게

　동내 개들이 짖어대기 시작했다. 내 귀에는 들리지 않는데 아마 앞 동네쯤 왔나 생각하고 있으면 얼마 지나지 않아 고물 사겠다는 확성기 소리가 들린다. 시골에 살면 소소한 물건을 사고팔기 위하여 트럭이 가끔 온다. 방충망 고치라는 트럭, 단지 파는 트럭, 봄가을엔 멸치젓 담으라는 트럭과 정기적으로 과일 트럭도 온다. 여름이 올 무렵이면 큰 개나 작은 개 산다는 소리에 냄새를 맡아서 그런지 유독 개들이 심하게 반응하며 죽기 살기로 짖어대니 온 동네가 한바탕 혼란 속에 빠진다. 오늘 아침엔 물통이나 빗자루 판다는 소리에 하던 일을 멈추고 뛰어나가 대빗자루를 샀다. 아저씨는 집에 대나무가 있는데 만들어 사용하라고 하며 한마디 하는데 나

도 솜씨 없는 남편을 생각하면 답답하기는 매한가지다. 아저씨는 빗자루가 중국제며 육천 원에 파는데 수입할 때 한 오백 원에 가져오지 않을까 하며 유통과정까지 상세히 설명하고 홀연히 떠났다. 점점 물통이나 빗자루 판다는 소리는 멀어지고 있다. 난 새로 산 빗자루로 속상한 마음을 담아 대문 앞을 싹싹 쓸어보았다.

상사화를 한 아름 가슴에 안고

여유

흰머리가 늘어나는 만큼 지혜도 늘어난다고 하는데 내 흰머리는 이제 셀 수 없을 정도까지 이르렀으나 지혜의 방엔 지혜가 통 보이지 않는다. 욕심은 놓으면 사라지고 피곤은 쉬면 사라진다 했지만 앞으로 보고 달려왔던 고단한 일상에 지쳐 갑자기 극도의 피로감을 느끼며 무기력증과 자기혐오에 빠지는 번아웃 증후군Burnout syndrome에 빠진 적이 있었다. 지금은 자신의 일을 남의 일처럼 보려고 무척 노력하고 있다. 마음이 피곤할 땐 정원으로 나가 식물에게 말을 걸어보는 여유도 생겼다. 누구나 다 아는 사실인, 그늘에 서면 그림자가 사라진다는 걸 머리가 다 센 지금에야 눈치챘다. 그리고 정원 가꾸기를 통하여 자연에 순응하고 이판과 사판의 경계를 넘어선 통찰형 사고를 키우다 보니 마음속에 여유가 조금씩 쌓여 가고 있는 것 같다.

아홉산 정원 – 가을

맥문동이 피기 시작한 비밀의 정원

오수

　새끼 들고양이가 겁도 없이 양지바른 차방 툇마루에 누워 꾸벅
꾸벅 졸고 있는 모습을 보니 문득 이재관의 수묵 담채화 '오수도'
가 떠올랐다. 그림에서 선비는 작은 정자에서 책을 베고 한가로
이 낮잠에 빠져 있다. 아마 꿈속에서 학문에 대한 열망을 펼치고
있을지 모르겠다는 생각이 들었다. 동자는 마당에서 찻물을 끓이
다 나무 밑에 노니는 한 쌍의 학을 뒤돌아보고 있다. 참으로 한가
로운 이 모습과 어미 고양이라면 저런 곳에서 졸고 있을 리 없는
데 자신의 처지를 모르고 오수를 즐기는 모습이 오버랩 된다. 결
코 학문에 대한 열망은 아닐 테고 저 고양이는 어떤 꿈을 꾸고 있
을까 궁금해지는 볕 좋은 어느 가을날의 풍경.

용담을 배경으로 단풍 든 산딸나무

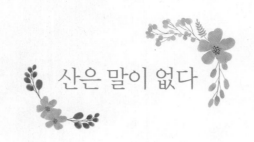

산은 말이 없다

산자락에 살다 보니 산이 주는 메시지가 계절에 따라 각기 다르게 다가온다. 봄엔 가지 끝에 눈이 움트기 전 물기를 머금고 있음만으로도 생명의 소중함을 알 수 있다. 여름엔 초록의 상쾌함으로 삶의 활기를 일으키고 있다. 가을엔 다양한 색상이 어울릴 때 더 아름답다는 것을, 겨울엔 무채색 옷으로 갈아입고 마음을 비우라고 가르치고 있다. 우리 선조들은 산을 신성시하고 자신을 반성하고 돌이켜 보는 곳으로 그리고 삶의 철학이 담긴 곳으로 생각했다. 조선시대는 산수 유람이 유행하기도 했으며 산 유람기인 유산기도 600여 편이나 있다고 한다. 요즈음 가진 자의 갑질 뉴스로 세상이 떠들썩한데 그때도 많은 문제가 있었던 것 같다. '유산오계'

를 보면 유람할 때 경계해야 할 다섯 가지 중에 관원을 동원하지
말고 승려를 재촉하거나 나무라면 안 된다는 걸 보면 예나 지금이
나 가진 자의 갑질은 똑같은 것 같다. 산은 말이 없고 이런 모습을
본 나무가 입이 있다면 무슨 얘기를 할까 궁금하다.

아홉산 정원 - 가을

머나먼 여행

첩첩산중 단풍이 그런대로 남아 있는 이천십칠년 늦가을, 한 세기를 곱게만 살아오신 엄마가 머나먼 여행을 떠나셨다. 내가 해드린 잘 익은 살구 색깔의 예쁜 명주옷을 입으시고 50년 만에 엄마가 아버지를 만나러 떠나던 날 하늘공원까지 배웅을 해 드렸다. 평생 살아온 성품처럼 마지막 모습도 어찌나 단정하던지 눈물에 앞서 엄숙함이 느껴졌다. 하얗게 서리가 내린 짧은 머리카락은 곱게 빗겨져 위를 향해 빳빳이 서 있어 마치 우주를 향해 쏘아 올릴 로켓과 같았다. 오래전에 떠나온 고향별에 착오 없이 도착하기 위하여 모든 것이 AI로 제어되고 있었다. 우주를 향한 발사체에 몸을 싣고 끝없는 여행을 떠나고서는 평소 최소화의 삶과 주변 정리를 잘하시던 성품처럼 내 두 손에도 다 못 채울 정도의 흔적만을 남겨 모두가 놀라워했다. 그렇게도 빨리 떠나고 싶으셨는지 남들 절반의 시간도 안 되게 육신을 태우고 훨훨 자유롭게 여행을 떠나셨다. 오늘 정신 차려 내 정원을 둘러보니 은행잎도 다 떨어졌고 덱 위에도 낙엽이 이리저리 바람에 쓸려 모였다 흩어지고 정원의 벤치에는 그리움만 쌓이고 있었다. 문득 엄마가 마지막에 남기신 "슬퍼하지 말라. 나는 어느 곳에도 없지만 모든 곳에 있다. 천 개의 바람이 되고 만 개의 별빛이 되어 너를 지켜 주리니 물질에 얽매이지 말고 쉬엄쉬엄 살아라" 하던 말이 자꾸만 떠올랐다. 엄마

에게서 오래전에 받아 장롱 깊숙이 넣어 두고 그동안 잊고 있었던 발이 곱기도 고운 하얀 한산 모시 한 필을 꺼내보며 먼 훗날 지구별에서의 소풍이 끝나 엄마를 만나러 갈 때 입어야겠다는 생각이 문득 들었다. 엄마가 떠나신 정원에도 봄이 오면 또다시 꽃은 피고 새는 울겠지.

그 벤치 위엔 그리움만 쌓이고

골디락스 존

　골디락스 존이란 영국 전래 동화인 '골디락스와 세 마리 곰' 중에서 주인공 골디락스가 스프가 너무 뜨겁거나 차가워 혼쭐이 난 후부터 적당하게 식혀 먹는다는 것에서 유래된 것으로 경제학에서 적당한 호황을 의미하는 용어로 쓰인다. 천체물리학에서는 항성과 적당한 거리로 물이 액체 상태를 유지하는 곳을 말하기도 한다. 항성에서 멀어지면 물이 얼어 고체가 되고 너무 가까우면 증발해 날아가버려 생명체가 살 수 없으니 액체 상태의 물을 가질 만한 행성이 존재하는 구역이 필요한데 운 좋게도 우리 지구는 여기에 자리 잡고 있다. 골디락스 존은 부모 자식 간에도 필요하고 성인이 된 자식과는 더욱 필요하다. 이와 마찬가지로 귀농생활도

이 존에 들어가야만 성공할 수 있다. 이웃과 너무 가까우면 내 생활이 없어지고 친해질수록 많은 갈등이 생긴다. 인간관계에 있어서도 도시에서 지옥이었다면 시골에서도 마찬가지로 지옥이다. 그렇다고 혼자 살아갈 수 없는 것도 현실이니 지혜롭게 대처해야 한다. 주위를 받아들이고 재능이 있으면 이웃과 나누고 농사에 대해 모르면 적극 이웃의 도움을 받고 도움을 받으면 반드시 품앗이를 해야 한다. 시골에선 하나를 베풀면 둘을 얻을 수 있다는 행복 계산법과 하나를 얻으면 둘을 갚아야 하는 계산법도 있다. 무엇보다 좋은 점은 시골 골디락스 존은 우주의 골디락스 존과 달리 내 스스로 만들 수 있다는 점이다.

산부추 꽃반지를 그대에게

Ahopsan Garden

PART 4.

겨울

목화처럼 따뜻한 겨울을

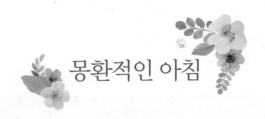

몽환적인 아침

아침에 일어나니 세상은 온통 안개 속에 파묻혀 있고 대나무 잎을 스치는 바람소리마저 들리지 않으니 바로 이것이 적막강산이라는 생각이 들었다. 잎이 떨어진 앙상한 나뭇가지들도 흐릿하게 자리하여 아무런 미동도 보이지 않는다. 물방울은 대롱대롱 매달려 있고 아침을 여는 새들도 보이지 않는다. 꼭 수묵산수화 속에 들어와 있는 것 같은 몽환적인 아침. 뚝! 지붕에서 낙숫물 떨어지는 걸 보니 세상은 아직 멈추지는 않은 것 같았다. 어느새 그림 속에서 새 한 마리가 툭 튀어 날아오르자 떠오르는 태양은 순식간에 이 그림자들을 지우고는 침묵으로 과거를 지운다.

몽환적인 아침

아홉산 정원 - 겨울

풀뿌리조차
내 가족

　호랑가시나무는 크리스마스에 맞추어 붉은 열매를 무겁도록 달고 있으나 빛나야 할 잎사귀가 곰팡이 병으로 얼룩져 있는 것이 마치 요즘 날씨 같다는 생각이 들었다. 잦은 겨울비로 양파도 심은 지 한 달이 넘었는데 조금도 자라지 않아 그 크기가 심을 때와 크게 다르지 않다. 간밤에 얼마나 비가 왔는지 밭고랑에는 흙탕물이 가득 고여 있고 봄날 같은 기온이라 여기저기 쑥이랑 냉이도 보였다. 갑자기 바람이 일더니 바람은 바람의 길을 갈 뿐 왜 12월에 상사화 촉들을 저렇게도 무더기로 내밀었는지 알려 주지 않았다. 찰스 다윈의 진화론 『종의 기원』에서 태초 하나로부터 생명이 탄생했다 하니 저 풀뿌리 하나조차도 내 가족일 것인데 다시 영하의 날씨가 될 것이 자명한데 어찌할 거나 하는 걱정이 앞선다.

기와 담장 위의 이끼

아홉산 정원 – 겨울

인간 천성

요즈음 나라가 하도 어수선하니 역사를 왜 배우는지 모르겠다는 생각이 들었다. 속이 상하다 못해 며칠 새 흰머리도 부쩍 늘었다. 정원에서 종일 전지 작업 마무리를 하면서 인간의 본성이 도대체 뭘까 여러 생각을 해 보았다. 동양에선 인간 천성에 관한 대표적 이론으로 맹자의 성선설과 순자의 성악설 고자의 성무성악설이 있고 서양에서도 많은 설이 있다. 장 자크 루소는 "자연이 만든 사물은 모두 선하지만 일단 인위를 거치면 악으로 변한다"고 했다. 이는 맹자의 성선설과 맥락을 같이한다. 하지만 토마스 홉스는 인간의 자연상태를 "만인의 만인에 대한 투쟁"이라 규정짓고 존 로크는 "인간의 마음은 백지와 같다"라고 했다. 그리고 철학자 파스칼은 "인간은 천사와 악마의 중간자"라고 갈파했는데 요즘 세

상을 보면 아무래도 순자의 성악설과 토머스 홉스의 말이 맞는 것 같다. 옆에서 한 시간이면 할 수 있는 일을 오후 내 붙잡고 씨름하는 남편에게 지금 크게 깨친 것이 있다고 말하니 무엇인지 물어보았다. 아무리 생각해도 인간은 천성이 악한데 어쩌다가 선한 일을 하는 것만 같다고 했더니 남편은 긍정도 부정도 아닌 듯 허리를 펴고 하늘만 한 번 힐긋 쳐다보았다. 해는 저물어 가는데 마음은 무겁기만 하고 인간의 내면엔 선과 악이 함께 존재하며 부딪치고 있는 것 같았다. 최근 미국 듀크 대학 연구에 따르면 "인간은 긍정적인 이야기보다 부정적인 이야기를 들었을 때 뇌에서 감정을 담당하는 영역이 더 활성화된다"는 것이 밝혀졌다. 그래서 소셜 미디어Social Media상에서 남을 헐뜯고 욕하는 이야기가 빨리도 퍼지는 것은 아닐까?

새벽달

새벽에 위가 아파서 잠을 깼다. 왜 이러지? 간밤에
뭘 먹었지? 위 내시경 한 지가 몇 년이 됐지? 이런 저런
생각에 머리가 복잡해져서 잠은 벌써 멀리 가버렸다.
그러자 옆에서 자던 남편이 벌떡 일어나 얼마나 반가
웠는지 모른다. 남편은 커튼 사이로 새벽 달빛이 쏟아
지듯 들어와 얼굴을 비추니 자고 있는데도 눈이 부셔

잠을 깼다고 했다. 둘은 창가에서 가득 찬 새벽달을 말없이 한동안 바라보았다. 바람은 앙상한 나뭇가지를 흔들며 달그림자 놀이를 하고 있다. 문득 150년 전 은자의 정원에서 바둑 두며 늙어갔던 기옹 변종락이 만년에 쓴 '눈에 가득 시를 부르는 달과 바람은 어쩔거냐 만목시참월우풍滿目詩饞月又風'라는 시 구절이 떠오르며 지금 내가 보고 있는 이런 모습을 노래하지 않았나 싶었다.

벽 위에 물푸레나무 그림자 드리우고

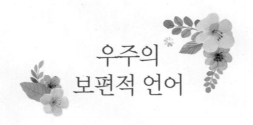

우주의
보편적 언어

정신이 번쩍 드는 차가운 바람만큼 요즘 밤하늘의 별들은 밝다 못해 투명해 보이기까지 한다. 쨍 하고 맑은 소리를 낼 것 같은 선명한 별들이 초롱초롱 빛난다. 별자리에 관심이 많아 책을 보고 하나씩 찾아보는 재미로 밤이 기다려진다. 지난밤엔 오리온좌의 삼형제별에서 선을 연결하여 좌측으로 내려오면서 청백색의 밝은 별을 찾아보았다. 이것이 겨울하늘에서 가장 밝은 시리우스이다. 이를 기점으로 큰 삼각형 별들은 누구라도 한 번 쳐다보면 쉽게 찾아볼 수 있어서 겨울별자리를 찾는 기점이 되기도 한다. 어쩜 저렇게 맑을 수 있을까 한동안 물끄러미 쳐다봤다. 138억 년 전 빅뱅으로 우주가 탄생한 후 천억 개가 넘는 은하계 중 작고 파리한 외로

운 별 지구에서 어떻게 생명체가 탄생하여 현생 인류의 조상인 호
모 사피엔스로까지 발전되었을까? 그리고 호모 사피엔스는 어떻
게 달에도 왕복하고 하루에도 몇 번씩 지구를 순회하는 우주정거
장 안의 우주인까지 되었을까? 여러 가지 설이 있지만 대다수의 과
학자들은 급변하는 우주환경의 영향을 받아 인간 개개인의 뇌가
기하급수적으로 발달하게 되었다고 말한다. 여기에 더하여 옥스
퍼드 대학 로빈 던바 교수는 기하급수적으로 발달한 개개인의 여
러 뇌가 서로 정보를 주고받는 사회적 협업에 의해 혁신의 문명을
이끌었다고 말했다. 거기에는 글이라는 발명을 통해 과학 정보를
기록하여 지식을 전달해 가며 발전을 거듭하여 우주까지 가게 되
었으니 이제 우주의 보편적 언어는 과학임이 확실해 보인다.

아홉산 정원 – 겨울

진딧물

영국의 비료 왕으로 불렸던 존 로스가 세운 로담스테드 연구소에서 식물도 균사 네트워크로 숲 전체에 메시지를 전달한다는 걸 밝혔다. 식물이 진딧물 공격을 받으면 옆 식물에 경보를 울려 옆 나무에서 진딧물 방지 화학물질을 낸다고 하니 놀라운 일이다. 진딧물은 무성생식과 유성생식을 함께 하며 환경변화에 효과적으로 대처한다. 가을엔 짝짓기를 하고 겨울이 오기 전에 추운 겨울을 나기 좋고 또 새순이 나올 곳에 노란 알을 낳는다. 봄에는 무성생식을 하는데 이땐 암컷만 태어나고 환경만 적합하면 20분마다 복제되기 때문에 작물에 피해가 매우 크다. 이렇게 대량번식에는 성공적이나 천적인 무당벌레들에 의해 무한번식은 하지 못한다.

자연은 이렇게 먹고 먹히며 진화하고 있다. 살충제와 농약과는 거리가 먼 텃밭 정원이기에 비교적 벌레가 많이 생기는 편이나 양배추와 케일 등에 특히 많이 생기는 것 같아 봄에는 심는 것을 아예 포기하고 가을에만 심는다. 그렇지만 지구의 온난화 덕분에 가을과 겨울에도 비교적 기온이 높고 비가 자주 내리고 또 습도도 높아 진딧물이 발생하기는 한다. 하지만 겨울이 점점 깊어짐에 따라 기온도 내려가고 또 작물에 영양분을 충분히 주어 튼튼하게 키우면 진딧물 등의 병충해를 줄일 수 있다. 요즈음엔 거름을 듬뿍 주고 바람이 잘 통하게 널찍이 심으니 한결 나아 키울 만하다. 잎이 도톰하니 영하의 추위에도 잘 버티어 겨울의 식탁에 중요한 역할을 한다. 간밤에 눈이 내려 아홉산 정원과 앞산도 희기만 하고 바람마저 숨죽인 고요한 겨울 저녁 식탁에 초록으로 데쳐진 케일 한 접시를 올려 보며 자연에 감사드린다.

따뜻한 솜 같은 눈 이불

아홉산 정원 – 겨울

235

바람 부는 날

불교에서는 4대 우주 구성 요소를 지수화풍地水火風으로 보고 있다. 티벳 불교에서 바람風은 차원이 높은 요소로 보기도 한다. 바람은 영혼을 상징하기도 하며 눈에 보이지 않고 손에 잡히지도 않지만 우리는 분명 느낄 수 있다. 간밤 세찬 바람에 이끌려 내 마음도 이리저리 휘둘리다 잠이 들었다. 지난밤 바람에 미세먼지를 날려 보냈는지 직선거리가 10km 정도 떨어진 금정산 고당봉이 한 번 발돋움하고 훌쩍 뛰면 갈 수 있을 것같이 가깝게 느껴진다. 이 추운 날씨에도 수선화가 고개를 내밀고 있고 작약도 붉은 싹이 땅을 뚫고 나와 있어서 냉해를 입을까 걱정이 되어 흙을 덮어 주었다. 빨래집게 자국이 싫어 그냥 널어둔 빨래가 자꾸만 떨어지는 바람 부는 겨울 오후 손바닥만 한 햇볕을 따라 창가로 자리를 옮겨본다.

어느 겨울날

소나무 전지

아홉산 정원에는 소나무가 많다. 그래서 그런지 남편의 지인들은 남편을 구송九松선생이라고 부르기도 한다. 그런데 지난 몇 년간 소나무 전지를 하지 않았더니 솔잎은 하늘을 가리고 마른가지와 죽은 솔잎들이 쌓여 점점 햇볕을 차단해 또 다른 가지에도 피해를 줘 과감하게 전지를 하기로 했다. 높은 나무에 올라가 한 그루 두 그루 전지를 하다 보니 정원은 점점 넓어지고 하늘도 점점 넓어졌다. 전지하기 전 나무들 사이로 보이는 하늘은 좁고 좁아서 마치 최초로 굴절망원경을 만들어 하늘을 관측한 갈릴레오가 본 하늘 같았다면 정원 전체의 나무가 전지되었을 때는 허블 우주망원경으로 보는 우주같이 내 정원의 하늘도 넓어졌다. 시원하게 정리된 나무가 붉은 가지를 드러내고 당당히 서 있는 모습을 보고 있자니 은서 생활 중 자연의 다섯 벗 중 솔을 칭송하는 윤선도의

소나무 껍질에도 푸른 기상이

'오우가'가 갑자기 생각났다.

더우면 꽃 피고 추우면 잎 지거늘
솔아! 너는 어이 눈서리를 모르느냐?
구천九泉에 뿌리 곧은 줄을 글로 하여 아노라!

다람쥐같이 나무에 붙어 위험하게 일을 할 때 밑에서 보고만 있
던 내 귀중한 남편은 도대체 무슨 생각을 했을까 참으로 궁금했다.

우리나라 얘기

상식은 이미 통하지 않고 권력과 돈이 세상을 지배하고 있다. 참으로 부끄러운 일, 소위 말하는 엘리트들의 추접하게 헐뜯고 싸우는 모습이 날마다 TV를 통해 보도되는 것을 보는 우리 소시민들은 자괴감을 넘어 분통이 터진다. 하나같이 나라와 국민을 위한다면서도 푸른 소나무나 곧은 대나무 같은 모습은 찾아보기 어렵다는 사실은 우리를 화나게 하며 동시에 우리를 부끄럽게 하는 슬픔이기도 하다. 동물의 세계를 보면 짝짓기를 위해 수컷들이 죽을 힘을 다해 싸우다가 소위 진화생물학에서 말하는 교활한 사기꾼에 해당하는 약한 자에게 암놈을 빼앗기기도 하고 또 애써 승리를 얻어도 너무 지쳐 승리의 기쁨도 맛보기도 전에 강자의 먹이가 되는 꼴과 무엇이 다른지 참으로 한심하기 짝이 없다. 지금 우리의 모습이 본능에 충실한 짐승이랑 무엇이 다른지 묻고 싶다. 주위 강대국의 패권주의에 대응할 전략도 없이 무방비로 위기에 처한

외교안보를 소시민이 이렇게 걱정하고 국민 10명 중 9명은 정치인은 국가보다는 자기 이익을 위해 행동하는 존재로 보기 때문에 많은 사람들이 정치인이란 직업은 사라져야 할 직업 1순위로 보고 있어 한없이 슬프기만 하다. 서민의 일자리를 뺏고 직장에서 내쫓는 인공지능 AI보다 정치인을 대신할 AI가 필요하지 않을까? 다행이라고 할까 불행이라고 할까. 세계 각지에서 AI 정당이 출현하고 있으며 특히 지난 2016년 미국 대통령 선거에서 비록 트럼프 대통령에게 패배하기는 했지만 육체를 갖고 모순투성이인 인간보다도 AI의 사고와 몸을 우선하는 트랜스휴머니즘당Transhumanist Party의 출현도 있었다. 신문을 보다가 화가 치밀어 정원으로 나가보나 차가운 바람만 볼을 스칠 뿐이다. 땅을 팔 일이 없는 겨울인데 애꿎은 땅을 호미로 파보나 호미는 땅에 꽂히지도 않아 힘에 겨운 곡괭이로 파고 또 파본다. 이 마음을 알 리 없는 작은 곤줄박이가 뒤집어둔 흙에서 벌레를 찾아 물고 날아갔다.

산딸나무와 공생하는 버섯과 이끼

솔방울

올해는 소나무가 예년과 달리 솔방울을 많이 매달고 있다. 이는 나무가 영양성장에서 생식성장에 접어들면 일어나는 현상이다. 환경이 나빠지거나 영양 상태가 불량하여 생존에 위협을 느끼면 자손을 남겨야 한다는 나무 나름의 전략일 것이다. 나무가 죽지나 않을까 걱정이 되기도 하지만 한편으로는 별처럼 대롱대롱 매달린 솔방울을 볼 때면 금빛 은빛 스프레이를 뿌려 크리스마스트리를 한번 만들어 보고 싶다는 생각을 해보았다. 그러나 나무에게 미안하고 씨앗에 몹쓸 짓이라 실행을 못 했다. 어느 날 문득 좋은 생각이 나서 금박지와 은박지로 솔방울을 감싸고 밑에서 전등불을 비추니 솔방울은 금빛 은빛 별이 되어 빛났다. 나무 밑에 있던

구름이도 좋아라 하고 꼬리를 흔들며 별을 보고 짖어댄다. 새들도
자다가 놀라 가지에서 날아올랐다가 되돌아와 쪼아 보기도 하며
겨울 정원에 대한 소소한 이야기를 만들어 내고 있다. 소나무 전
지가 끝난 후 떨어진 솔방울을 빈 화분과 바구니에 소복이 넣어두
었더니 은은한 솔향기가 기분을 상쾌하게 하고 있다. 습도가 높은
날은 입을 굳게 다물고 있다가 건조한 날에는 활짝 날개가 펴지며
자동 습도 조절기 역할까지 하니 고맙기만 하다.

봄날의 화려함을 꿈꾸는 겨울날의 마삭줄

어떤 하루

　남편은 서재에서 컴퓨터랑 놀고 나는 안방에서 책이랑 놀다가 지치면 건강을 생각하여 남편은 마당을 구석구석 돌고 난 거실을 돌고 돌며 살아보겠다고 하는 모습이 절로 웃음이 난다. 둘이 눈이 마주치면 애써 모른 척하고 서로 돌고 도는 시골 농한기의 일 없는 어떤 하루. 나도 밖으로 나가 남편의 뒤를 따라 걸어보았다. 낙엽을 밟아보니 '스윽 쓰윽 바스락'거리는 소리가 마냥 재미있어 낙엽 쌓인 골을 따라 걸어본다. 낙엽 중에는 용케도 바스라지지 않고 잎맥만 남아 그물망 같은 잎도 보인다. 그 누구도 따라 할 수 없는 놀라운 솜씨다. 나무는 잎을 보호하기 위해 탄닌을 만들어내 벌레의 접근을 막아 보려고 하나 잎나방 애벌레는 잎 사이로 들어가 탄닌이 있는 잎맥을 피해 엽록소만 갉아 먹는다. 단풍이 들어

도 단풍잎을 먹어치우고는 단풍과 같은 색의 옷을 갈아입고는 번데기로 겨울을 난다. 모든 동물의 궁극적인 목표는 번식이므로 이렇게 살아남아 봄을 기다린다. 결국 살아남은 것이 가장 우수한 유전자를 갖고 있다고 볼 수 있다. 정원에서 여러 가지 새로운 것을 발견하는 즐거움도 크다. 때론 개미가 줄을 서서 기어가는 곳

겨울날의 그대로 정원

을 따라가 보기도 하고 도끼자루 썩는 줄도 모르고 발밑의 작은 돌을 내려다보며 시간 가는 줄도 모르고 있을 때도 있다. 『월든』의 글 중에 "숲을 산책하고 왔더니 내 키가 나무보다 커졌다"라는 글이 있으나 난 정원을 산책하면 세상의 비밀이 하나씩 보이고 우주의 시작은 내가 있는 바로 이곳이라는 사실이 이해가 되었다.

아홉산 정원 – 겨울

마지막 잎새

돋보기

돋보기안경을 잃어버린 지 벌써 며
칠이 지났다. 분리수거 해둔 쓰레기도
몇 번이나 확인하고 그날의 동선을 따
라 정원 구석구석을 찾아보았으나 도통 보이지 않았다. 혹시나 싶
어서 장롱 밑 청소까지 해보았다. 안경은 보이지 않고 뽀얀 먼지
와 함께 연필과 지우개가 만나는 데 100년이나 걸렸다는, 내가 좋
아하는 지우개가 달린 노란 연필이 나왔다. 연필을 보니 잃어버린
과거를 찾은 것 같아 안경보다 더 반가웠다. 보통 청소하면 나오
는 그 흔한 동전은 나오지 않았고 쪼글쪼글해진 완두콩이 제법 많

낮에 나온 반달

이 나왔다. 지난봄 남편에게 완두콩 까는 일을 부탁했더니 방으로 들고 가더니만… 안경 덕분에 그날 저녁 우리는 냉동실에 넣어둔 완두콩을 쌀보다 더 많이 넣은 콩밥을 지어 먹었다. 그런데 며칠 후 생각지도 못한 곳에서 돋보기안경을 찾았다. 지난번 자작나무 가지가 말라 죽어 밑동을 살펴보니 작은 구멍이 나 있었다. 그때 돋보기안경을 끼고 자작나무의 천적 알락하늘소의 애벌레를 잡고 는 안경을 나뭇가지에 걸어둔 것을 잊어버렸던 것이다. 자작나무 는 그동안 내 돋보기를 끼고 안경 찾아 헤매는 우리 모습을 보고 얼마나 우스워했을까 하는 생각이 들었다.

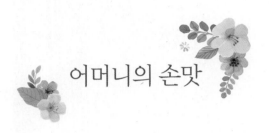

어머니의 손맛

    지난봄과 여름에 갈무리해 둔 여러 종류의 나물을 꺼내어 저녁 식탁을 차려보았다. 봄의 축복인 머위, 엉게, 취나물과 여름의 선물인 고춧잎 등을 데치고 또 가지는 잘 말려 냉동실에 보관해 둔 것이다. 겨울날 적당한 야채가 없을 때나 입맛이 떨어졌을 때 가끔 꺼내어 먹는다. 이런 나물들은 계절의 향기가 조금 남아 있기도 하지만 먼 옛날 떠나온 고향의 맛을 생각하게도 한다. 특히 쌉싸래한 머위를 먹을 때는 유달리 머위를 좋아하시던 어머니가 생각났다. 어릴 땐 쓴맛까지 나서 먹을 수 없었는데 언젠가부터 먹고 있는 자신을 보고 놀라웠다. 쌈장을 넣고 잎사귀로 동글동글하게 싸 주먹밥을 만들어 보니 봄은 이미 식탁에 와 있었다. 조금 열어둔 창

문 틈 사이로 불어대는 칼바람 소리는 무섭게까지 들리니 겨울도 깊

어졌나 보다. 겨울이 깊어졌으니 봄 또한 멀지 않았겠지.

세월이 가면

남의 나라 이야기와
우리 얘기

　아직은 겨울인데 기다란 원통 모양에다가 끝은 입술모양으로 갈라져 담홍색의 꽃을 피우는 광대나물이 양파 심은 멀칭구멍에서 양파보다도 더 실하게 자라고 있다. 양파에 거름으로 준 커피 찌꺼기의 영양분을 모두 빨아먹은 것 같다. 풀을 뽑다 땅 밑에서 처음 보는 벌레를 보고 이 녀석의 이름이 뭘까 궁금해하며 먼 나라 가까운 나라의 생각을 해 보았다. 미국에서는 새로 발견된 생물 9종의 명칭으로 오바마 대통령의 이름을 붙였다고 한다. 이는 재임 중 환경보호와 과학발전에 기여한 공로라 하지만 진정한 국민들의 존경심이 없었다면 불가능한 일일 것이다. 8년이나 대통령을 했는데도 국민들은 떠나지 말라 한다니 참으로 부럽다는 생각이 들었다. 때를 놓친 양파 밭의 잡초를 뽑아보나 뚝뚝 끊겨 잘 뽑아지질 않는 것이 우리 사회의 뿌리 깊은 비리와 똑같은 것 같아 속이 상했다. 땅속엔 풀씨가 있기 마련이고 풀이 자라지 않는 곳엔 식물도 자라지 않는다. 이것이 세상의 이치이니 잡초나 세상 비리도 우리 모두 관찰자가 되어 살피다가 뿌리 내리기 전에 뽑는 것이 최상의 답일 것이다. 뉴질랜드 심리학자 제시 베링도 실험을 통해 악을 저지르지 않게 하려면 남의 시선이 중요하다는 사실을 밝혔다.

아직 겨울

산중 초목이 눈을 뜨고 매화가 만발한 어느 봄날 문득 친구가 그리워질 때쯤 거문고를 메고 친구가 찾아오는 모습을 그린 조선 시대의 요절 작가 전기의 '매화 초옥도'가 겨울 끝자락만 되면 내 마음의 한 자락을 차지한다. 그의 시 '설옥雪屋'을 보면 꼭 내 삶을 들여다본 것 같아 가슴이 저며 온다.

문밖에 찾아오는 이 드물고
정원에 쌓인 눈은 빈 창문에 비치는 구나
질화로에 불이 식어 황혼이 찾아와도
오히려 나는 책상머리에 앉아

옛 그림을 감상하노라

우리 미술사가들은 그의 작품을 천의무봉天衣無縫이라고까지 하며 극찬을 아끼지 않으나 외로움으로 점철된 그의 고된 삶은 고독 그 자체였던 것 같다. 지금 정원에는 겨울의 끝자락을 알리는 눈이 하얗게 내려 어디가 길이고 꽃밭인지 도무지 알 수가 없다. 더욱이 하늘과 땅까지 그 경계를 알 수 없게 완벽하게 감춘 이 모습이야말로 천의무봉이 아닐까?

지의류

　　잎을 떨어트린 앙상한 겨울나무 등걸에 지의류가 덕지덕지 붙어 있다. 북극 툰드라 지방이나 뜨거운 사막 등 극한 환경에서도 균류와 조류의 공생체로 다양하게 변형해 가면서 생존하는 지의류는 지구상에 3만여 종류나 있고 우주에서도 살아남은 강한 식물이다. 특히 매화나무 등걸에 붙어 있는 것을 보면 마치 내 손등의 검버섯 같아 정원을 오다가다 한 번 더 쳐다본다. 그러나 다른 기생물과 달리 독립적인 생활을 하면서 심한 수분 증발을 막아주어 수피를 보호해 주기도 한다. 또 오염물질을 흡수하면 배출체계가 없기 때문에 이를 분석하여 대기오염 측정을 할 수 있기 때문에 환경지표에도 활용하기도 한다. 이곳 아홉산 정원의 담장 위 기왓장이나 대나무 마디에도 지의류가 자리 잡아 점점 자라기도 하고 수명을 다하면 저절로 떨어져 사라지기도 한다. 이는 마치 지금도 팽창과 변화를 계속하고 있는 우주Cosmos의 모습을 보는 것 같기도 하다. 오래된 미래를 읽을 수 있는 지의류가 핀 정원엔 겨울 햇살이 비추고 있다. 이때 뚝 하고 얼어붙어 있던 수도꼭지에서 물방울 하나 녹아 떨어졌다.

따뜻함이 넘쳐나는 겨울 저녁

세상 근심

　우리 집 꽃소식은 감감한데 남녘에서는 벌써 매화가 피었다는 소식이 전해지고 있다. 그러나 세상은 어지럽기 그지없다. 허위정보를 기사형식을 빌려 가짜뉴스를 만들고 소셜 미디어를 통해 빠르게 확산시키고 있다. 왜곡된 가짜 뉴스를 어떻게 걸러 낼지 정보 홍수 속에서 스스로 똑똑해질 수밖에 없다. 괴테도 진실 대신 헛소문을 퍼뜨리는 것은 모든 시대에 있었던 기술이라고 했고 나치 선동가 괴벨스도 거짓말도 자주 하면 진실이라 믿는다고 했다. 그렇지만 정직이 나라를 바꾼다며 거짓말하지 말라고 가르친 안창호 선생의 말이 이 추운 날씨만큼 뼛속에 사무친다. 답답한 마음에 정원으로 나가보나 휑하니 바람만 불 뿐 답이 보이지 않는

다. 왜 세상 근심이 시도 때도 없이 찾아오는지, 이럴 때 꽃이라도
피면 꽃 아래 누워 꽃잎 사이로 쏟아지는 햇살 맞으며 푸른 하늘
이라도 볼 텐데.

마지막 비상을 위해 날개를 펼친 단풍 씨앗

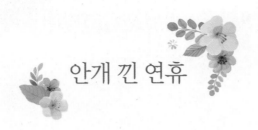

안개 낀 연휴

섣달그믐엔 몹시도 춥더니만 설날 연휴 아침부터 이슬비가 내리더니 어느새 안개로 천지를 뒤덮어버렸다. 하루 종일 안개가 짙어 앞산도 잘 보이지 않는데 느닷없이 남편은 산책을 한다며 산으로 들어가 버렸다. 남편의 제자가 명절이라 고향에 왔다가 인사차 들렀지만 산으로 들어간 남편을 부를 길이 없었다. 조선 후기 화원화가인 장득만의 '송하문 동자도'가 떠올랐다. 당나라 시인 가도의 '은자를 찾아갔으나 만나지 못하다'라는 글엔 "구름 짙어 어딘지 알 수 없네"라고 했다. 그림은 산봉우리와 집, 손님, 산을 향한 동자의 검지가 유난히 긴 것까지 확연하게 그려져 있으나 지금 이곳은 집도 손님도 꿈속같이 희미하다. 모처럼 시간을 내 찾아왔는데 만나

지 못하고 기다리다 돌아가야 하는 서운함이 얼마나 클까 싶어 마음이 쓰였다. 길을 잃어버릴 리 없는데 오늘따라 산책이 늦어져 날 애태웠으나 잊고 있던 글과 그림을 떠올리게 했다.

소나무 아래서 동자에게 물었더니,
말하길, '스승께선 약초 캐러 가셨어요.
이 산속에 계신데요,
구름 짙어 어딘지 알 수 없네요.'

이 시의 마지막 운심부지처雲深不知處가 가슴을 쾅 치며 멍한 울림으로 다가왔다.

아홉산을 뒤로하고 거문산 바라보다

봄을
기다리며

겨울나무 눈에는 봄이 왔음을 알리는 온도 센서에 해당하는 옥신Auxin이 들어 있어서 나무들은 봄이 와 온도 센서에서 신호를 받을 때까지 안심하고 깊은 잠에 빠져들 수 있다. 나무들은 아직도 깊은 잠에 빠져 있고 새들도 찾지 않는 정원은 텅 비어 있어 이 또한 여백의 미가 있어서 아름답게 보인다. 가끔 바람에 따라 낙엽이 이리 쓸렸다 저리 쓸렸다 하며 이사를 가곤 한다. 이때 낙엽 속에 있던 작은 벌레들도 함

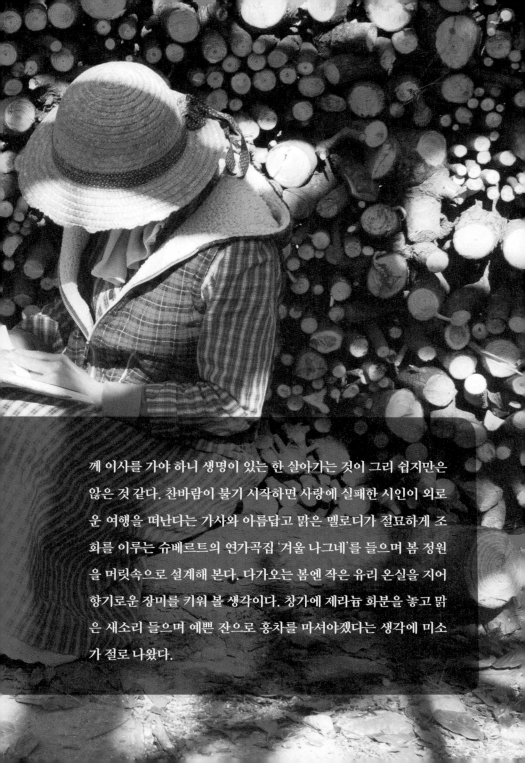

께 이사를 가야 하니 생명이 있는 한 살아가는 것이 그리 쉽지만은 않은 것 같다. 찬바람이 불기 시작하면 사랑에 실패한 시인이 외로운 여행을 떠난다는 가사와 아름답고 맑은 멜로디가 절묘하게 조화를 이루는 슈베르트의 연가곡집 '겨울 나그네'를 들으며 봄 정원을 머릿속으로 설계해 본다. 다가오는 봄엔 작은 유리 온실을 지어 향기로운 장미를 키워 볼 생각이다. 창가에 제라늄 화분을 놓고 맑은 새소리 들으며 예쁜 잔으로 홍차를 마셔야겠다는 생각에 미소가 절로 나왔다.

Ahopsan Garden

잔디 정원엔
하얀 눈이

겨울 정원

　짙은 녹음에 싸인 숲과 나무와 꽃 그리고 온갖 풀과 곤충으로 어울려 있는 정원도 아름답지만 마른 잎을 다 떨어뜨리고 앙상한 가지만 하늘을 향해 벋어 있는 텅 빈 겨울 정원 또한 아름답다. 눈으로 보는 정원을 제한적이라고 한다면 마음으로 보는 정원은 무제한적이기에 그 또한 좋지 않은가?

아쉬운 해넘이

붉은 깐추밥(찔레 열매)

Ahopsan Garden

PART 5.

그리고
또 봄

봄의 전령사 유채꽃

도롱뇽

　지난밤 난방 보일러를 켜둔 채 잠이 들어 밤새 보일러가 작동하였다. 방은 따뜻하다 못해 후끈하고 수돗물도 나오지 않았다. 타이머 설정을 잘못한 것은 알겠는데 왜 물이 나오지 않는지 그것도 보일러와 관계가 있나 싶어 걱정이 앞섰다. 이웃집에는 물이 나오니 보일러 전문가를 불러야 하나, 수도 전문가를 불러야 하나 머리가 복잡하였다. 그러다 혹시나 싶어 계량기를 열고 수도관을 확인했더니 수도관보다 더 굵은 도롱뇽이 끼어 수도관을 막고 있으니 물이 흐를 리 없었다. 간이 상수도를 이용하는 이곳의 봄소식은 꽃도 새도 아닌 1억 6천만 년간 지구에서 살아온 도롱뇽이 수도관을 막으며 제일 먼저 알린다. 청소를 하고 물도 잘 나오니 얼

마나 고마운지 아침에 전기 요금 폭탄 걱정도 뭐 그럴 수 있지 하
고 용서가 된다. 그 일이 없었다면 종일 보일러로 화가 났을 텐
데… 우주의 시간에서 보면 인생은 찰나일 뿐인데 그 짧은 시간에
화가 났다 용서했다 끊임없이 갈등하며 살아가는 인간사! 하하하.

아홉산 정원 – 그리고 또 봄

나비의 꿈

　입춘이 지난 지가 오래전인데도 바람은 여전히 차기만 하다. 어쩌면 봄은 우리들 마음속에는 이미 와 있는지도 모르겠다. 기다려도 좀처럼 오지 않는 봄을 찾아 정원으로 나가보았다. 겨우내 말라붙어 있던 땅은 물기를 띄우기 시작했고 겨울나기를 겨우 마친 나무들은 기지개를 하는 데 온 힘을 모으고 있는 것 같았다. 깊어진 봄에 만개한 매화를 찾아 그 화사한 아름다움을 감상하는 관매親梅 또는 상매賞梅도 좋지만 나는 겨울이 다 지나기 전에 꽃송이가 처음 벌어질 무렵의 매화를 찾는 심매尋梅 또는 탐매探梅를 더욱 좋아한다. 정원을 한 바퀴 돈 후 혹시나 하는 마음으로 뒤뜰로 나가보았다. 어느새 늙은 둥걸의 매화나무는 하얀 나비 같은 꽃을 피

위 장독에 그림자를 드리우고 있었다. 나비 같은 매화와 그 그림자를 보고 있자니 문득 장자의 '제물론' 제일 마지막 장에 나오는 '나비의 꿈'이 생각났다. '장주가 나비가 되는 꿈을 꾸었나, 나비가 장주가 되는 꿈을 꾸었나를 알 수 없는 것부지주지몽위호접여不知周之夢 鳥胡蝶與 호접지몽위주여胡蝶之夢鳥周與'처럼 꽃이 실체인지 그림자가 실체인지 알 수가 없는 것인데 장주와 나비 사이에 또 매화와 그림자 사이에 무슨 구분이 있을 것인가? 나는 내일 아침에 잠에서 깨어나 자신이 나비가 되어 있다 해도 전혀 불가사의한 일이 아니라는 생각이 문득 들었다. 이를 물화物化라고 한다고 하지만 나는 이해하기가 어렵고 더더욱 그림자는 왜 그림자가 없는지 도저히 알 수가 없었다.

아홉산 정원 – 그리고 또 봄

내 삶의 주인공은 나

정원엔 생강나무도 산수유도 가지마다 노란 꽃을 매달고 있고 노란 수선화도 뒤질세라 구석구석 피어 벌을 부르고 있다. 목련 또한 하루가 다르게 꽃잎이 열려 환해진다. 텃밭엔 산마늘이 한 뼘이나 자랐고 머위는 애기 손바닥만 하게 자라 한 번 수확하여 그 쌉싸래한 맛을 즐겼다. 잔디밭은 일주일간 풀을 뽑아 겨우 깨끗해졌고 오늘은 때맞춰 초록 잎이 뿌리 쪽에서 보이기 시작했다. 씨도 뿌리기 전에 풀이 이렇게 많으니 앞으로 한 해를 어떡할까 약간 걱정이 되기도 하나 그 또한 한바탕 즐겨볼 예정이다. 『논어』 옹야편에 보면 '알기만 하는 사람은 좋아하는 사람만 못하고 좋아하는 사람은 즐기는 사람만 못하다 지지자불여호지자知之者

산수유보다 더 빨리 피는 생강나무

'不如好之者 호지자불여낙지자好之者不如樂之者'는 말이 있다. 내 삶의 주인공
이 나인 만큼 내가 좋아하는 일을 찾는 것이 중요한 것 같다. 좋아
하는 일은 힘들지 않고 즐거우니 이보다 행복한 일이 어디 있겠나
싶다. 종일 허리 굽혀 풀을 뽑고 나니 나랏일로 우울했던 기분도
한결 나아졌고 만사가 용서된다. 자연에서 사는 것은 신과 함께
사는 것과 같다는 말이 맞는 것 같다.

노란 수선화와 광대나물이 경쟁하듯

봄이 오는 소리

　완두콩은 늦가을에 심어 겨울을 나기도 한다. 이곳은 부산이라고 하지만 산골이라 추위가 심한 편이라 몇 번이나 실패를 거듭한 끝에 이제는 봄이 오기 직전에 심는다. 한 해의 첫 농사는 이렇게 완두콩 심기에서 시작된다. 밭이랑을 만들다가 삽 끝에 겨울잠을 자는 개구리가 다칠까 봐 일일이 호미로 조심스럽게 흙을 뒤집다 개구리를 보면 얼른 다른 곳으로 묻어 준다. 아직 봄이라기에는 이른 계절이나 요 며칠간 따뜻한 날씨에 둠벙에서는 개구리 합창소리가 들려온다. 머지않아 앞 들녘에서도 농부들의 경운기 소리가 시끄럽게 울리며 봄이 왔음을 알릴 것이다. 봄은 아홉산 정원에도 소리 없이 찾아와 꽃을 피우고 덤으로 향기마저 선물해 줄 것이다. 그리고 꽃들은 나에게 '좋은 삶을 원한다면 걱정하지 마라' 하면서 응원까지 보내 줄 것이다.

마음 모아 기도

봄비가 내리고 나니 어느새 복사꽃 봉우리의 빨간 꽃잎은 보일 듯 말 듯 애태우고 있고 민찔레 잎사귀는 제법 손바닥을 내밀었다. 끝날 것 같지 않던 겨울도 이렇게 봄에 자리를 물러주고 미련 없이 자취를 감추어 가고 있다. 나랏일은 어수선하고 국민들은 집단 우울증에 걸려 있는 수상쩍은 나날들 때문에 정원도 기운을 잃은 것 같다. 마음이 고요해야 행복해지는데 세상이 온통 마음을 헤집어 놓으니 봄이 와도 답답하다. '봄이 와도 봄 같이 않다춘래불사춘春來不似春'라고 하던 왕소군의 심정도 이러했을 것이다. 현재에 귀 기울이면 미래에 일어날 일을 예측할 수 있는데 도무지 앞이 보이지 않는다. 생존의 비밀은 큰 뇌가 아니라 다만 적응해 가

는 것뿐인 것 같다. 삼국유사에 보면 "여러 사람이 입을 모아 부르는 노래는 쇠도 녹인다"는 말이 있듯이 우리 모두 마음을 모아 나라를 위하여 기도해 봄은 어떨까 싶다.

봄의 향기를 꽃바구니에 담아서

그대로
정원

Epilogue

오늘날 부자는 돈을 지불하면 당장이라도 구할 수 있는 물질적인 소유물을 많이 가지고 있다고 자랑하는 자가 아니라 돈을 지불해도 그것을 얻는 데 시간과 노력을 필요로 하는 경험과 지식을 갖고 또 그것을 활용할 줄 아는 자라고 생각한다. 이곳에 오기 25여 년 전 영국을 여행했다. 나라 자체가 하나의 정원으로 다가와 가드닝 하면 영국이라는 이유를 알 것 같았다. 푸른 초원이 끝없이 펼쳐져 평화롭기 그지없는 런던 교외의 한 전원호텔에 묵었는데 그때의 설렘이 아직 남아 있다. 넓은 초원 위에 나의 그림자를 길게 드리우면서 지평선으로 떨어지는 태양을 바라보니 너무나도 크고 또 붉어서 감격 그 자체였으며 그 풍경은 아직까지도 나에게 많은 영감을 주고 있다. 그곳을 산책하며 한적한 마을 코티지 Cottage를 보니 하나같이 작은 창가에 하얀 레이스가 드려져 있고 제라늄과 아네모네가 피어 있는 모습이 마치 동화 속 같았다. 그 속엔 평화와 꿈이 소복이 쌓여 있을 것 같았다. 난 그 속의 주인공이 되고 싶었고 여행에서 돌아와 그야말로 조그마한 이곳 아홉산 정원에서 소박하게 꽃과 나무들을 가꾸며 평화롭고 행복한 일상을 보내고 있다.

정원은 항상 살아 움직이며 사람의 마음도 움직이고 있다. 작년에 보이지 않던 종지나물이나 자주꿩의다리가 올해는 피어나기도 하고 반대로 그렇게 무성하던 용담이나 초롱꽃은 자리를 옮겨버리기도 한다. 내년에는 또 어떤 모습으로 다가올까 설레기도 한다. 오늘도 그리 넓지 않은 정원이지만 계단과 오솔길을 만들고 꽃들과 나무를 옮겨 심으며 나만의 동화 속 낙원을 만들고 있다. 집과 건물은 세월이 지날수록 낡아가지만 정원은 세월이 흐를수록 풍성해지고 사람과 함께할 때 더욱 아름다워진다. 내일이 아닌 오늘을 위해 살며 해야 할 일이 생기면 미루지 않고 바로 실천하며 소박하게 살아가고 있다. 요즈음엔 가끔 고택이나 서원을 찾아 여행을 떠나기도 하지만 지금은 북대서양 스페인령 카나리아제도에 있는 수중박물관에 가보고 싶다. 해저 14m에 300개의 다양한 인간군상이 있는 조각 작품을 보며 실컷 울어보고 싶다는 생각만으로도 울컥하며 가슴이 막 뛰기 시작한다. 마음은 이렇게 뜨거운 열정을 가지고 있으나 체력이 따라주질 않아 아쉽기는 하지만 꿈은 결코 버리지 않을 것이다. 자연 속에서 꿈과 정원을 가꾸며 살아가는 소소한 일상에서 작은 행복을 찾는 이야기를 여러분과 공유할 수 있게 되어 매우 기쁘게 생각한다. 끝으로 예쁘게 책을 꾸며 주신 관계자 여러분께 감사드리며 모두의 인연을 소중하게 간직하고 싶다.

2018. 봄날 녹유당에서 김미희

작품에 대하여

　미잠 김미희가 글을 쓰고 장나무별이 사진을 찍은『그
대로 정원』이 출판된 지 벌써 2년이 지났다. 그동안 분에
넘치는 찬사와 성원을 보내주시고 또 그 뒷이야기를 기대
하시는 여러분에게 보답하는 뜻으로 이들 두 사람이 다시
콤비가 되어『아홉산 정원』을 출판하게 되었다니 매우 기
쁘게 생각한다. 전편에서 저자가 귀여운 시행착오를 거
듭하면서 경험한 전원생활을 통해, 자연이 인간에게 주는
의미와 공존의 중요성을 동화적으로 서술하는 과거 회귀
적 사고가 중심이었다고 하면 이번『아홉산 정원』에서는
생각의 범위를 어디에도 국한하지 않고 장자로부터 AI,
진화생물학에서 천체 물리학, 철학까지 사고의 장을 넓히
고 있다. '초록에 거닐다'라고 풀어 이야기하는 저자의 거
처 녹유당綠遊堂은 금정산 고당봉이 한눈에 보이는 아홉산
기슭에 자리하며 9개의 층으로 이루어져 있다. 저자는 각
층에 따라 그대로 정원, 아홉산 정원, 텃밭 정원, 초록의
자 정원, 비밀의 정원 등 9개의 작은 정원으로 나누어 관

리하고 있다고 한다. 전작『그대로 정원』에 이어 이번에 출판하
게 된『아홉산 정원』은 녹유당 9개의 작은 정원 중의 하나로 봄이
오면 수천 마리의 나비가 날아들어 산딸나비 정원으로 바뀌어버
린다고 한다. 아니 정확히 표현하면 나비 같은 하얀 꽃이 수천 송
이 피어난다고 한다. 이른 봄에는 서양에서 온 서양산딸나무가
잎도 나지 않은 가지 끝에 하얀 꽃을 피워 봄이 왔음을 알린다.
그리고 봄이 점점 깊어져 서양산딸나비가 떠나면 뒤이어 수천 마
리의 산딸나비가 다시금 날아들기 시작하여 아홉산 정원은 하얀
산딸나비에 파묻혀버려 그야말로 산딸나비 정원으로 변해버린
다. 바람이라도 불면 수천 개의 꽃송이는 바람에 날려 마치 하얀
나비가 훨훨 날아다니는 듯 착각을 일으키게 한다.

또 저자는 녹유당이 녹우당綠友堂. 綠雨堂이 아니냐고 가끔 질문을
받는다고 한다. 초록에 거닐다, 놀다의 뜻으로 유遊라고 강조한다
고 한다. 장자 내편 제일편 소요유逍遙遊에서 볼 수 있듯이 유의 대
표적인 의미를 보면 다음과 같이 약간 가벼운 의미로부터 시작
하여 중요한 의미에 이르고 있다. 첫째로 논다 즉 아무런 목적의
식에 끌리지 않는 행동, 둘째로 세속적인 인간사회로부터 벗어나
그 협소한 세상을 초월하는 것, 셋째로 작위적이고 인위적인 것
을 버리고 자연에 순응하며 느긋하게 사는 것, 넷째로 만물의 하
나인 인간이 만물의 세계를 초월하여 도의 경지에 이르는 것으
로 분류할 수가 있다. 정원을 가꾸는 사소한 즐거움과 새소리, 빗
소리를 즐기는 것이 첫째 경지라면 도롱뇽이 막은 수도관 때문

에 화났다가 풀리는 모습이나 붉은오목눈이 둥지에 탁란하는 뻐꾸기 때문에 안타까워 하는 모습이 둘째 경지이고 지의류에서 우주를 보고 암흑물질과 암흑에너지를 생각하고, 장독에 드리운 그림자를 보고 장자의 나비의 꿈을 읽기도 하고, '구름 짙어 어딘지 알 수 없다'에서는 신선의 경지를 느끼니 이는 셋째 넷째 경지를 보여 준다고 하겠다. 따라서 『아홉산 정원』에서는 저자가 이 모든 경지의 유類를 정원 가꾸기를 통하여 두루 보여주고 있다고 하겠다.

전작 『그대로 정원』은 도시인이 도시에서 얼마 떨어지지 않은 도시 속의 시골에 정착하여 20여 년이 지나도 끈기 있게 초보 농군의 자격을 유지하는 한편 자기류自己流의 정원을 직접 설계하고 가꾸면서 경험하고 얻어진 이야기를 가지고 아주 천진스러운 어린아이인 척하면서 전원생활과 정원 가꾸기의 사소한 즐거움을 선사했다고 하면 이 '아홉산 정원'은 100여 편의 이야기와 약 120장의 아름다운 사진으로 전원생활과 정원 가꾸기의 즐거움은 물론 이를 통한 사고의 장을 무한히 넓히는 즐거움을 우리들에게 주고 있다고 하겠다.

장 영 준

(부산대학교 명예교수, 공학박사)

출간후기

자연법칙의 오묘함과 함께하는 전원 속 삶에
선한 영향력과 함께 힘찬 행복에너지 전파합니다

권선복
도서출판 행복에너지 대표이사

무엇이 바쁜지 대부분의 사람들은 자신의 옆을 돌아볼 여유조차도 내기 어렵습니다. 하지만 눈을 돌려 보면 대자연의 원리에 따라 운행되는 자연의 세계에 놀라게 됩니다. 선각자들은 그렇기에 세속을 떠나 전원 속에서 대자연을 벗하며 살아가기를 원했습니다.

이 책 『아홉산 정원』은 금정산 고당봉이 한눈에 보이는 아홉산 기슭에서 아홉 개의 작은 정원을 돌보며 지내는 저자의 늘 새롭고 경이로운 하루하루를 아름다운 사진과 함께 엮은 에세이입니다. 아름다운 정원의 모습에 반해 책을 넘기다 보면 정원 한 귀퉁이의 이끼를 통해 우주 저 편의 암흑물질에 대해 사유하는 저자의 모습에서 '풀꽃 한 송이, 벌레 한 마리에도 세계가 있다'는 선인들의 깨우침을 보게 됩니다.

'천국'이라는 단어를 들으면 많은 사람들은 아름다운 정원을 떠올린다고 합니다. 작지만 천국같이 아름다운 아홉산 정원과 함께하는 저자의 삶이 많은 사람들의 마음을 따뜻하게 어루만지기를 진심으로 기원드립니다.